btb

Buch

Günther von Tarniff hat nach einem ausgelassenen Junggesellenleben Beate von Losnitz geheiratet. Er lebt glücklich mit ihr auf Schloß Kaltin. Die Heimkehr der Inspektorstochter Mareile aber läßt Günther erkennen, daß seine Abenteuerlust noch unverändert in ihm lebt. Während Mareile in einer kurzen Episode mit dem Maler Hans Berkow ihre eigene Sinnlichkeit entdeckt, holt sich Günther in einem flüchtigen Verhältnis mit der Wirtstochter Eve den Mut zum »bewußten« Ehebruch mit Mareile. Günther entflieht seiner ergebenen Frau, doch der Liebesrausch der beiden hält nicht lange an.

Autor

Graf Eduard von Keyserling wurde 1855 auf Schloß Padern in Kurland geboren. 1877 wurde er wegen einer »Inkorrektheit« von der Universität Dorpat verwiesen. Er bewirtschaftete danach die Güter seiner Eltern, hielt sich mehrere Jahre in Wien auf, unternahm Reisen nach Italien und ließ sich 1895 in München nieder. Aus einer alten deutschbaltischen Adelsfamilie stammend, hat Keyserling mit außerordentlichem Empfinden für Stimmungen und seelische Spannungen Romane und Erzählungen geschrieben, die zum Schönsten gehören, was die deutsche Literatur hervorgebracht hat. Er ist einer der besten Psychologen der Fin-de-siècle-Literatur. Der geistreich-ironische Ton und die makellose Schönheit seiner Prosa weisen ihm einen Platz zwischen Theodor Fontane und Thomas Mann zu.

Eduard von Keyserling bei btb

Wellen. Roman (72395)
Abendliche Häuser. Roman (72418)

Aus Freude am Lesen

Eduard von Keyserling

Beate und Mareile

Eine Schloßgeschichte

Mit einem Nachwort,
einer Zeittafel zu Keyserling,
Anmerkungen und bibliographischen
Hinweisen von Heide Eilert

btb

Vollständige Ausgabe von »Beate und Mareile«
nach dem Wortlaut der Ausgabe:
Eduard von Keyserling: Gesammelte Erzählungen in vier Bänden.
Herausgegeben von Ernst Heilborn. Berlin: S. Fischer, Verlag,
1922, Band 1

btb Taschenbücher erscheinen im Goldmann Verlag,
einem Unternehmen der Verlagsgruppe Bertelsmann.

1. Auflage
Genehmigte Taschenbuchausgabe Mai 1998

Umschlagentwurf: Design Team München,
unter Verwendung des Fotos eines Gemäldes
von Edmund C. Tarbell
Satz: IBV Satz- und Datentechnik GmbH, Berlin
NB · Herstellung: Augustin Wiesbeck
Made in Germany
ISBN 3-442-72452-X

Inhalt

Erstes Kapitel

Aus dem Badezimmer erscholl ein gleichmäßiges Plätschern. Günther von Tarniff saß in seinem rotgelben Badebassin. Die lauwarme Dusche wurde in der Morgensonne ganz blank – fließendes Kristall. Das war so hübsch und angenehm, daß Günther sich nicht davon trennen konnte. Er saß da schon geraume Zeit und registrierte die behaglichen Empfindungen, die über seinen Körper hinglitten… wachsam und aufmerksam, wie er jedes angenehme Gefühl in sich zu verfolgen pflegte, als müßte aus dieser Addition sich ein Glück herausrechnen lassen.

»Ziehen Herr Graf die neuen Weißen an?« fragte Peter aus dem Nebenzimmer.

»Ja. Gefallen sie dir nicht?« rief Günther zurück.

»'ne neue Mode. Wird man sehen«, meinte Peter.

Nun mußte Günther heraus. Peter rieb ihn behutsam mit einem weichen Tuch ab. Günther pflegte seinen Körper wie ein Brahmane. Er bewunderte ihn und achtete ihn, als die Tafel, auf der das Leben viele, wichtige Genüsse zu verzeichnen hat.

»Frau Gräfin waren schon auf, bei der Morgenandacht«, berichtete Peter. »Ja, bei den alten Herrschaften im Flügel ist Morgenandacht mit den Leuten vom Alten Testament, wie die Amalie sagt.«

»Teufel. Dann sind wir hier das Neue Testament – was? Bedeutend freche Jungfrau, die Amalie. Und du?«

»Gott, ich!« Peter zog die Augenbrauen über den kleinen litauer Augen empor: »Heute bin ich dabei gewesen. So ’n mal. Sonst, der Beckmann geht nich –«

»– So – der Beckmann ist dein Dienerideal? – Gott! Mit dem dummen Gesicht!«

Als Peter seinem Herrn das Beinkleid reichte, nahm er ein anderes Thema auf: »Schön is hier! Das Haus, der Garten. Alles gehört uns!«

»Ja«, meinte Günther und hielt im Ankleiden inne, um seine Bemerkung Peter eindringlich mitzuteilen: »Wie dieser Anzug. Alles weich – lose. Nicht? Und die Uniform war steif – und eng. Nun also. Wenn man den Dienst aufgibt und nach Kaltin zieht, dann zieht man eben die Uniform aus und dies hier an!«

Peter war voller Bewunderung: »Wie spitzig der Herr Graf das sagen! Ja, so ’n Kopf, wie unser Graf! Aber so stramm war unser Dienst nicht.«

»Ach was, Dienst! Das Leben, verstehst du? Die Zeit vergeht und noch zu wenig, zu wenig …«

»Weiber«, half Peter ein.

»Ja, auch das. Das ist vorüber. Hier ist Ruhe.«

»Gott sei Dank«, schloß Peter die Unterhaltung.

Günther war fertig und stellte sich vor den Spiegel. Er sah gut aus, er konnte zufrieden sein: die matte Gesichtsfarbe, das schwarze Haar seiner italienischen Mutter, die braunen, blanken Frauenaugen mit den langen Wimpern, die Lippen so rot wie bei Knaben, in denen die Jugend noch wie ein Fieber brennt.

»Heute wieder wunderbar«, meinte Peter.

Sie hat auf mich gewartet, dachte Günther, als er in den Gartensaal trat und die zwei Gedecke auf dem Frühstückstische sah. Eine behagliche Rührung ergriff ihn bei diesem Anblick: »Angenehm ist das – wie – wie – reine Wäsche nach der Reise!«

Er trat auf die Veranda hinaus und blickte über die Kieswege und Blumenbeete hin. Die heiße Luft zitterte und flimmerte. Der Buchsbaum glänzte wie grünes Leder. Hinter dem Garten dehnte sich Wiesenland aus, dann niedrige Hügel, an denen die Äcker wie regelmäßige Seidenstreifen niederhingen. Unten, von der Buchsbaumhecke sah Günther seine Frau auf das Haus zulaufen. Die eine Hand hielt die Schleppe des weißen Kleides, die andere einen bunten Strauß Erbsenblüten. Ein wenig atemlos blieb Beate vor Günther stehen und lächelte. Die Gestalt schwankte leicht, wie zu biegsam.

»Riech mal«, sagte sie und hielt ihm den Strauß hin. »Das riecht wie Sommerferien, nicht?«

»Du kannst ja laufen wie ein Jöhr«, meinte Günther.

»Ja, ja!« Beate lachte: »Hier ist man wieder jung; weil alles umher so schön alt ist, so alt wie – wie Kinderfrauen.«

Sie gingen in den Gartensaal. Günther streckte sich in einem Sessel aus und ließ sich Tee einschenken.

»Gewiß! Gut ist's hier«, begann er, die Worte langsam vor sich hinschnarrend. »Wie's so aussieht, müßte der schon ein ungewandter Monsieur sein, der hier nicht auf seine Rechnung kommt, wie, Beating?«

Beate schlug die Augen zu ihm auf, für das schmale, weiße Gesicht sehr große Augen, durchsichtig und graublau, mit ein wenig feuchtem Golde auf dem Grunde. Eine freundliche, ruhige Ironie lag in ihrem Blick. Das machte Günther befangen. Er begann im Zimmer auf und ab zu gehen und angeregt zu sprechen: »So wie hier, das lieb' ich; ruhige, königlich preußische Schönheit. Die ewigen Großartigkeiten fallen mir auf die Nerven. Na – ja du – du bist anders. Sorrent – Luzern – das ist dir wie dein Deputat.«

»Ja, Kaltin ist gut«, meinte Beate.

»Hier läßt man sich also nieder«, setzte Günther seine Betrachtung fort. »Das ist das Definitive – Ruhe – Abschluß.«

Beate zog die Augenbrauen empor.

»Womit schließt du denn ab? Jetzt fängt's doch gerade an – unser Leben.«

»Für euch Frauen«, dozierte Günther mit klingender Stimme, »für euch ist die Ehe ein Anfang – *der* Anfang. Für uns Männer ist die Ehe auch ein Ende. Das Frühere ist zu Ende – aus; verstehst du? – Frauen unserer Gesellschaft haben kein Früher. Sie haben Gouvernanten, aber keine Vergangenheit gehabt.«

»Dieses ›Früher‹ klingt ziemlich unsympathisch«, warf Beate ein wenig gereizt ein.

Günther lachte: »Ja, das könnt ihr nun mal nicht ändern. Ihr Ehefrauen seid immer 'ne Art Hafen. Du, Beating, bist ein hübscher, glatter, tiefer Hafen, gut ausgebaggert, man sieht bis auf den Grund.«

Beate schaute in der stillverschlossenen Art vor sich hin, die sie anzunehmen pflegte, wenn sie etwas gleichsam nicht zu sich hereinlassen wollte, es ihr zuwider war. Günther sprach schon von anderem: »Müssen wir nicht zu unseren alten Damen hinüber?«

»Ja, wenn du willst.«

»Sag, ist's dort noch so – so – düster?«

»Düster – dort?«

»Na ja, für dich – natürlich – da sind's die Kinderzimmer und so. Die Zimmer sind's auch nicht. Ich glaube, es ist die Tante Seneïde.«

»Tante?« rief Beate. »Aber Tante Seneïde ist doch wie – wie Mondschein im Ahnensaal.«

»So! Ist das nicht unheimlich, wenn man so ist?«

»Ach nein!« erklärte Beate. »Weißt du, wenn der Mond durch die oberen Fenster des Ahnensaals scheint, dann ist der Fußboden ganz voll von Lichtkringel. Als Kinder setzten Mareile und ich uns da mitten hinein. Tante Seneïde ging im

Saale auf und ab und sagte ihre geistlichen Lieder her. Das war so echt Kaltinsch, und das gehört Tante.«

»So«, meinte Günther, »als Knabe habe ich mich gefürchtet, wenn die Leute von der kranken Komtesse sprachen. Na, jetzt soll sie mir wie Mondschein im Ahnensaal sein. Komm!«

Zweites Kapitel

Lantin, das Stammgut der Tarniffs, grenzte an Kaltin, den Sitz der Losnitz'. Beate und Günther waren Nachbarskinder und verwandt. Die Tarniffs und die Losnitz' gehörten zu dem alteingesessenen Landadel, zu den »braungebrannten Herren«, von denen Bismarck spricht: »die man morgens früh um fünf auf ihren Feldern einhergehen oder reiten sieht.« Starke Leute, die das Leben und die Arbeit lieben, roh mit den Weibern und andächtig mit ihren Frauen umgehen und einen angeerbten Glauben und angeerbte Grundsätze haben. Der Lantiner Zweig der Tarniffs jedoch hatte durch mehrere Generationen dem Staat gute Diplomaten geliefert. Der Aufenthalt in der Fremde entrückte sie ihrem Landsitz. Die Schüler der Grumbkow, Hardenberg, Bismarck brachten etwas Fremdes in das Gleichgewicht und die ein wenig hochmütige Beschränkung der Landjunker; neue Gedanken und Appetite komplizierten ihr Seelenleben. Dazu schlossen die Herren auf ihren diplomatischen Posten Ehen mit Ausländerinnen. Das exotische Blut nagte an den starken Nerven der märkischen Rasse, erhitzte und schwächte sie mit seiner Erbschaft fremder Geschlechter.

Graf Botho, Günthers Vater, war mit einer italienischen Prinzessin vermählt gewesen; ein herrliches Geschöpf, wie Fra Sebastiano sie gerne malte: königliche, edelsteinharte Augen, eine bleiche Gesichtsfarbe, in die sich etwas wie grünliches Gold mischt. Die schöne Römerin konnte deutsche Luft und deutsche Menschen nicht vertragen. Getrennt von ihrem Gatten lebte sie mit ihrem einzigen Kinde, dem kleinen Günther, in ihrer Heimat. Noch jung erlag sie einem Brustleiden. Lantin hatte von seiner Herrschaft wenig gesehen. Jetzt langte Graf Botho in Lantin an mit seinem Kinde, dem Sarg seiner Frau und Komtesse Benigne, seiner alten Schwester. Der Sarg wurde in der Familiengruft beigesetzt, Benigne mit dem Kinde im Schloß eingerichtet, und dann reiste Graf Botho wieder ab.

Hier verbrachte Günther seine Kindheit. Damals war es, daß er seine ersten Spiele mit Beate und Mareile, der braunen Inspektorstochter, zwischen den Levkojen und Lilienbeeten des Kaltiner Gartens spielte.

Die Baronin von Losnitz, früh verwitwet, lebte mit ihrer einzigen Tochter in Kaltin. Komtesse Seneïde Sallen, ihre Schwester, wohnte bei ihr. Irgendeine brutale Liebesgeschichte war in das stille Leben des Landfräuleins eingeschlagen und hatte es seelisch und geistig gebrochen. Jetzt lebte sie hier. Friedliche Beschäftigungen, die freundliche Narkose der Religion erhielten das Gleichgewicht dieses kranken Geistes.

Schloß Lantin wurde unterdes wieder leer. Komtesse Benigne starb, und Günther wurde in die Stadt gegeben. Lantin sah seinen Herrn zwar noch einmal, allein unter wunderlichen Umständen, wieder. Graf Botho langte mit einer fremden, schwarzlockigen Dame an. Frau Kulmann, Kastellanin und Kammerdienergattin, verstand es, ein undurchdringliches Dunkel um die Fremde zu breiten. Die Leute schüttelten die Köpfe. Begegneten sie dem Paar, dann rückten sie an den Mützen, verzogen jedoch höhnisch die Mäuler. Mankow, der Wildhüter und Vertraute des Grafen, erzählte abends im Waldkruge unheimliche Geschichten von der »verfluchten Schwarzen«. Über dem Portal des Schlosses hing in bemaltem

Stein das Tarniffsche Wappen: auf dem Tartschenschilde in goldenem Felde drei schwarze Lindenblätter, darüber, auf gekröntem Stechhelm, zwischen dem offenen, goldenen Flug ein wachsender, schwarzer Brackenhals. »Die drei herzförmigen Blätter«, sagten die Lantiner, »sind die drei Weiberherzen, die jeder Tarniff bricht.« – »Ja«, sagte Mankow, »und der Hund da oben, das ist der Teufel, der sie holt. Unser Alter hat sich seinen Teufel selber mitgebracht.« Die Sache nahm kein gutes Ende: »So verfault is unser Alter auch noch nich«, meinte Mankow. »Was zu doll is, is zu doll! Das schwarze Aas hat die Reitpeitsch, die mit dem goldenen Knopf, wißt ihr, zu schmecken gekriegt.« Eine verschlossene Kutsche brachte die Schwarze eines Morgens zur Station. Der alte Herr verschloß sich in seine Gemächer, dann reiste er ab, kam wieder, vergrub sich in seine Bücher: »Alt is 'r«, sagte Mankow. »Er sagt, er hat das Leben satt. Muß der gefressen haben! Was? Jetzt sitzt er bei den Büchern, und das ist das Letzte.« Ein Schlaganfall beraubte den alten Herrn seiner Füße. Stundenlang schob Kulmann ihn im Rollstuhl die Alleen des Parkes auf und ab, und das große, bleiche Greisenantlitz wackelte mißmutig und ergeben bei jeder Bewegung des Rollstuhles. Endlich kam das Ende. Kulmann hatte seinen Herrn eines Nachmittags allein im Park gelassen, um zu Hause einen Grog zu trinken. Das mochte ein wenig lange gedauert haben. Als Kulmann gegen Abend seinen Grafen aufsuchte, fand er ihn in der Herbstdämmerung tot im Rollstuhl sitzen, feucht von Abendnebeln, überstreut von Herbstblättern, und den goldenen Knopf der Reitpeitsche fest zwischen die Zähne geklemmt.

Günther mied das Schloß. Frau Kulmann kämpfte mit Staub und Motten und dachte an lustigere Zeiten, da sie jung war und dem seligen Herrn gefiel.

Günther erwuchs zu einem sehr glänzenden Ulanenoffizier. Er durchspähte das Leben mit leidenschaftlicher Hast nach Genüssen, als fürchtete er beständig, irgendein Genuß, ein seltenes Glück könnte ihm unterschlagen werden. Nach einigen Jahren hieß es, seiner Gesundheit halber müsse er den Dienst verlassen. Andere erzählten, seine Beziehungen zu einer hochstehenden Dame hätten seine Entfernung aus Berlin wünschenswert gemacht. Er ging nach Athen, bei der Gesandtschaft diplomatische Kenntnisse zu sammeln. Einige Winter später trafen die Jugendgespielen sich in Berlin. Frau von Losnitz wollte Beate in die Gesellschaft einführen. Günther befand sich gerade in einer Krisis, die bei solchen nervösen, allzu gierigen Lebenstrinkern gegen Ende der zwanziger Jahre einzutreten pflegt. Er war satt. Von jeher hatte er das Weib für die Verschleißerin der wichtigsten Genüsse des Lebens angesehen. Für jede Stimmung das richtige Weib zu finden erschien ihm als die bedeutsamste Kunst; und urplötzlich war er der Weiber so müde: »Es ist doch in der ganzen Welt immer wieder dieselbe kleine Schauspielerin mit den gemalten Augenbrauen und den geldgierigen Taubenaugen«, meinte er. »Ich kann Dir sagen«, schrieb er an den Maler Hans Berkow, seinen Freund, »ich gehe den Weibern wie einer Drehorgel, die eine zu oft gehörte Melodie spielt, aus dem Wege. Ich kann nur noch mit den stillen, kühlen Marmordamen im Museum verkehren.« In dieser Gemütslage mußte Beate stark auf Günther wirken. Dieses Mädchen, mit einer stilvollen Reinheit, schien ihm ein Glück zu versprechen, das ihm wirklich bisher unterschlagen worden war. »Sie ist ja die adelige Poesie in Person«, sagte er, denn er liebte die geschmückten Redewendungen. Einen schwungvolleren Bewerber hatte die kühle Berliner Gesellschaft noch nicht gesehen: »Je nun!« sagte der Fürst Kornowitz, »wir haben bei unseren Damen schon alle möglichen Manieren versucht, Jockeymanieren, Künstlermanieren, Dekadenzmanieren.

Der Tarniff scheint die Troubadourmanier aufbringen zu wollen. Keine bequeme Manier das.«

Beate nahm Günthers Werbung in ihrer wohlerzogenen Art hin. In den Schlössern unseres Landadels wachsen noch, unter feiner berechneter Obhut, solche Mädchen von wunderbar naiver Reinheit heran. Das Gute und Schöne erwarten sie von dem Leben, wie das Selbstverständliche, und Günther erschien Beate als dieses Schöne und Gute. Im Winter verlobten sie sich, im April wurden sie getraut, und im Juli des nächsten Jahres zog Günther nach Kaltin, entschlossen, dort ein glückliches Familienleben zu führen nach wohlbewährtem, altadeligem Rezepte.

Drittes Kapitel

Die alte Baronin von Losnitz saß in ihrem Voltairesessel und strickte einen blauen Kinderstrumpf. Schöne Haartrompeten, blank und weiß, rahmten das fette, weiße Gesicht ein mit den regelmäßigen Zügen. Seneïde saß am Fenster und nähte. Ihre Züge waren scharf und gezogen, die Lippen fast weiß, und die Augen lagen tief in den Höhlen und gaben dem Gesichte einen kummervoll-erregten Ausdruck. Sie legte ihren Fingerhut mit einem lauten »Klap« auf den Tisch, lehnte den Kopf zurück und schloß die Augen. »Beating«, begann sie, »war heute wieder wie sonst. Gestern, da war etwas Fremdes in ihrem Gesichte – etwas – ich weiß nicht?«

Die Baronin schaute ihre Schwester über die Brille hinweg an: »Hör, Seneïdchen, du machst die Dinge gern geheimnisvoll. Für ein junges Ehepaar ist das nichts. In deiner Milchkammer rührst du auch nicht in den Töpfen herum; du wartest doch ruhig, bis die Sahne sich absteht. Na – also!«

Seneïde beugte sich still auf ihre Arbeit nieder.

Nun kamen Günther und Beate. Günther begann sofort die alten Damen zu bezaubern. Nichts im Leben war ihm ungemütlicher, als wenn er nicht gefiel. Bei der Toilette bemühte er sich, Peter zu gefallen, und auf der Reise dem Schaffner. »O Mama, wie blühend du aussiehst, hübsch und sommerlich. Und Tante – Ihr Harmonium habe ich heute früh schon im Bette gehört. Geradezu heilig hab' ich dabei geschlafen – auf Ehre. Gott, hier muß man ja gut sein.«

Dann sprachen sie von Mareile Ziepe, der Inspektorstochter. »Oh, unsere Mareile«, rief Günther, »die ist groß! Also – nicht nur die berühmte Sängerin; sie ist die gefeiertste Schönheit der Gesellschaft – der Gesellschaft – bitte.«

Die Baronin lachte: »Meine Mareile! Die hatte immer eine feste Hand... Wenn man Ziepe heißt und dann...«

»Na ja, Ziepe«, meinte Günther, »das hat sie abgelegt. Sie heißt Cibò! Ist auch besser. Die Fürstin Elise kann ohne Mareile nicht leben, der Fürst Kornowitz schmachtet sie an.«

Durch die Seitentür kam jetzt Frau Ziepe herein. Sie wollte die jungen Herrschaften begrüßen. Erhitzt und verlegen saß sie neben Beate und sprach von ihren Zwillingen. Plötzlich verklärte sich ihr Gesicht. Mareile war genannt worden.

»Auf Ihre Tochter«, wandte sich Günther an die Inspektorsfrau, »sind wir alle stolz.«

»Danke, Herr Graf, danke.« Frau Ziepe errötete. »Und ich hab' mich so vor der Kunst gefürchtet. Man spricht so viel. Aber Mareiling hat Charakter, Gott sei Dank.«

»Was tun wir?« fragte Günther seine Frau, als sie wieder allein in Beatens blauem Kabinett auf den weißlackierten Stühlchen saßen. »Natürlich beieinander sein!« Er nahm Beatens Hand und küßte vorsichtig jede Fingerspitze. »Ja, was tun wir?« wiederholte Beate.

Günther dachte nach. »In den Garten müssen wir, damit wir so das Sumsum des Sommers hören. Nicht? Im Park unter den Linden muß es jetzt gut sein. Suche ein Buch heraus. So was Altmodisches, ganz Süßes, weißt du. Ich bestelle die Hängematten?«

»Ah! So ist's gut!« rief Günther, als sie beide unter den Linden in den Hängematten lagen. »Nun lies, Schatz.«

Zwischen den starken Stämmen hindurch sah Günther ein Stück des Teiches mit seinen Inseln von Froschlöffel und Wasserlinsen. Libellen, kleine blanke Lichtgestalten wiegten sich in der heißen Luft. Unter den Weiden am Ufer aber saßen die Schwäne, weiße, regungslose Gebilde. Günther blickte auf die schmale, helle Gestalt neben sich in der Hängematte. Lichter und Blätterschatten huschten über sie hin: Gott ja! dachte er, unsere Frauen, die sind eigen! So 'ne kühle, klare Luft ist um sie her. Die anderen sind auch schön – o ja! Mareile zum Beispiel, aber so das – das Festliche fehlt.

Beate hielt inne und blickte zu Günther hinüber. »Du hörst mir nicht zu. Woran denkst du?«

»Ich denke – ich denke an dich – und daß es gut ist, daß du hier in der Hängematte liegst und nicht – eine andere – Mareile oder sonst eine von den anderen.«

»Mareile? Warum?«

»Erinnerst du dich noch des Besuches der Rumpenower Kinder? Du und Mareile hattet damals lange, dünne Backfischbeine. Wir spielten Räuber im Garten. Ich weiß nicht, wie das kam, aber Mareile und ich mußten in den Rübenkeller flüchten. Kühl war's da und roch feucht nach Gemüsen. Wir waren stark gelaufen, unsere Herzen schlugen laut – tap – tap. Mareile hatte ein weißes Kleid an – und nackte Schultern. Nun da – bog ich mich vor und küßte eine dieser spitzen, heißen Backfischschultern. Früher war mir das nie eingefallen.«

»Oh! Wirklich?« warf Beate hin.

»Ja. Sie stieß mich vor die Brust und sagte: ›Dummer Junge.‹«

»Nun – und?«

»Ach nichts! Ich dachte daran. Übrigens glaub' ich doch, daß Mareile damals in mich verliebt war.«

»Möglich!« meinte Beate ein wenig hochmütig. »Sie sprach damals zuweilen vom Verlieben. Ich fand das lächerlich. Verlieben gehörte zur Kammerjungfer Lisette, zu Betty Ahlmeyer.«

»Ja – ja – natürlich!« rief Günther. »Das war Kaltinsch – ganz echt. Na, lies nur.« Günther schaute wieder in das Blätterdach hinauf. Ein Schwarm Mücken drehte sich wie blonder Staub in einem Sonnenstrahl. Das macht schwindelig und schläfrig.

Günther reckte sich: »Wie schön – wie schön!« Er pflegte jede Lebenslage genau auf die Summe von Befriedigung hin zu prüfen, die sie ihm bot; er stellte gern jedem Augenblick eine Zensur aus. Jetzt war er zufrieden. An dem Junggesellenleben war doch nichts Rechtes dran! Stille, helle Zimmer, gute Menschen, diese Frau – dieses beruhigende, weiße Rätsel, an dem herumzuraten eine so friedliche Beschäftigung war – das wollte er jetzt.

Das Ehejahr in Berlin zählte nicht. Was die Liebe der Junggesellenjahre lehrt, läßt sich bei den Beaten schlecht verwenden. Da muß umgelernt werden; das macht ungeschickt. Beate nahm dort etwas Erstauntes, bleich Ergebenes an; als hätte sie eine Enttäuschung erlebt. Daß er diese Enttäuschung sein könnte, war für Günther kränkend und quälend gewesen. Berlin war ohnehin für Beate nicht der rechte Hintergrund. Hier war's gut! Er streckte seine Hand zu der anderen Hängematte hinüber.

»Du hast geschlafen?« fragte Beate.

»Ja«, sagte Günther, »und geträumt. Ein Traum, ganz weiß von dir.«

Beckmanns schwarz und goldene Gestalt stand plötzlich in all dem Grün und meldete das Frühstück.

Zur Feier der Ankunft der jungen Herrschaft fand unten im Park ein Fest für die Gutsleute statt. Nach dem Diner begaben die Herrschaften sich auf den Festplatz. Die Buchen und Kastanien am Teiche steckten voll bunter Lampen; farbige Lichtpünktchen, verloren in all dem Schwarz ringsum. Auf dem Rasenplatze wurde getanzt. Auf einem Tische brannte eine Petroleumlampe ruhig und schläfrig, wie in einer Familienstube. Dort saßen Inspektor Ziepe und der Schulze beim Bier. Die Musikanten fiedelten einen Schleifer; dünne, schnurrende Töne, die, wie verirrt, in die große Nachtstille hinaushüpften; und über dem Ganzen lag der melancholische Ernst, wie er über den Lustbarkeiten des Volkes zu liegen pflegt.

Günther hielt eine Rede. Er stand auf einer Bank, machte weite Armbewegungen, wurde ganz warm von den großen Worten, die er zu den schweren Arbeitergestalten hinuntersprach, die andächtig, ein wenig schläfrig, zuhörten... das tat ihm wohl. Dann wurde getanzt. Peter besorgte für Günther als Tänzerin die Eve Mankow, ein großes, rothaariges Mädchen mit grellen, rotbraunen Augen in einem runden, rosa Gesichte. Beate tanzte mit Edse Maschnap, der Galoschen und einen Stadthut trug. Edse unterhielt seine Dame. »Ich bin zurück aus der Stadt. Na ja – der Vater hat die zweite Frau. Die sorgte für ihre Kinder – da muß ich sehen, daß nich alles so stille – stille – verschwindet – Frau Gräfin verstehen?«

Beate schaute zu Günther hinüber. Wie eifrig er sich mit dem großen, unangenehmen Mädchen unterhielt. Er erzählte etwas. Eve wandte sich ab, legte den Arm vor den Mund und lachte. Ja – er verstand es, jede zu nehmen! –

Der Tanz war zu Ende. Die Herrschaften wollten vom Kahn im Teiche aus das Feuerwerk ansehen. Günther wäre gern geblieben und hätte sich an der Verehrung der Leute erwärmt. Zu imponieren ist eine so angenehme Beschäftigung;

er wagte jedoch den Vorschlag nicht; er fürchtete, Beate würde dazu ihre ironisch erstaunten Augen machen. Auf dem Teiche war es köstlich. All die schweren, warmen Menschen mit ihrer schweren, erhitzten Lustigkeit hatten Beate mit großem Unbehagen erfüllt. Hier war es kühl und still und dunkel. Beate lag auf dem Rücken und sah in die Sterne hinauf. Günther ruderte anfangs und sprach angeregt. Dann fragte er plötzlich: »Warum liegst du so weiß da und sagst nichts?«

»Ich höre lieber zu«, erwiderte Beate. Das klingt sehr freundlich, dachte Günther, aber doch so 'n bißchen überlegen, als müßte man Nachsicht mit mir haben. Er wurde schweigsam. Beate hatte recht. Auch er wollte daliegen und seinem Empfinden lauschen. Das gehörte zu dieser Lebenslage. Helle, wunderbar weiche Töne gingen und kamen über das Wasser, als atmete und lebte die dunkle Fläche. Günther streckte sich neben Beate aus, nahm eine ihrer kühlen Hände. Über die schwarzen Wipfel stieg eine Rakete auf; eilig und golden stieg sie auf, immer höher, dann neigte sie sich, wie müde, und die Leuchtkugeln, ein farbiges Aufblühen, regneten nieder. Die Leute am Ufer riefen: »Hurra!«

»Ja, die!« meinte Günther, »die verstehen noch zu schreien, wenn sie lustig sind.«

»Möchtest du denn auch schreien?« fragte Beate.

»Gott! Schreien! Nein. Ich sag' nur, die können's noch, wir nicht, wir sind zu – zu – stilisiert – um lustig zu sein.«

Der Mond stieg über den Ahornbäumen auf. Der Teich sprühte. Die Stengel der Froschlöffel, des Wasserknöterichs, die weißen Köpfe der Wasserrose schienen größer, wie sie so unbeweglich in dem blauen Lichte standen.

Eine selige Trägheit, eine angenehme Wunschlosigkeit war über Beate gekommen. Als Günther sich auf sie niederbeugte und ihr die Lippen, die Augen küßte, ihren schmalen, ruhenden Körper in seine heißen, fiebernden Hände nahm, sagte sie: »Ach – laß – Liebster.«

Günther wurde sofort ruhig. Er seufzte. Ach ja! Man muß ruhig und poetisch sein. »Dieses kühle Mondscheingesicht«, sagte er ein wenig gereizt. Dann griff er in das Wasser, mitten in eine Gesellschaft Wasserrosen hinein und holte sich die ganze Hand voll schwerer, weißer Blütenköpfe heraus: »So, jetzt will ich dich putzen, warte.« Er steckte die feuchten Blumen in Beates Haar. Beate lachte unter dem Tropfenregen. »So ist's gut«, meinte Günther, »Schönheit – Schönheit – Schönheit, Amen.«

Beate saß in ihrem erdbeerfarbenen Nachtkleide noch auf. Amelie, das naseweise Gesichtchen rot vom Tanz, versuchte ein Gespräch.

»Ach nee, der Maschnap, über den hab' ich gelacht. Und die Eve, die war gut, wie 'n Pfannkuchen hat die sich gebläht.«

»Geben Sie mir die Bücher«, sagte Beate, und wenn die Gräfin sich die heiligen Bücher geben ließ, die Bibel und den Thomas a Kempis, dann mußte Amelie gehen.

Die Stille des alten Kaltin hatte Beate überempfindlich für jeden Eindruck gemacht. Jedes Erlebnis nahm tiefe Bedeutung an, wie Gestalten im Mondschein größer erscheinen.

Sie beugte sich über den Thomas a Kempis und las: »Mache mich stärker in der Liebe, daß ich im Innersten meines Herzens schmecken lerne, wie süß es ist, zu lieben und in Liebe aufzugehen und ganz mich zu bewegen. Singen möchte ich das Lied der Liebe ...«

Draußen schüttelte ein plötzliches Wehen den Baum vor dem Fenster. Beate schaute auf, dann, wie erschöpft von dem übermächtigen Gefühl, lehnte sie den Kopf zurück. Ihr Gesicht war blaß, von der feinen Blässe der alten Rassen, die von jahrhundertelangem Stehen auf geschützten Höhen müde geworden sind. Der Ausdruck des Gesichtes war wie Lächeln und doch wie Leiden. Die braunen Zöpfe, noch feucht von den Wasserrosen, hingen über ihre Schulter nieder. Gewiegt von einer köstlichen Schlaffheit, zuckte Beate mit den Wimpern, als blendete sie eine lichte Vision.

Eine Tür ging. Das Parkett knarrte unter Günthers leichtem Tritt. Beate schloß die Augen. Ein blasses Rot stieg ihr in die Wangen, und die Hände auf den Seitenlehnen des Sessels zitterten leicht.

Viertes Kapitel

Das Stationsgebäude lag jenseits des Dorfes auf einem schattenlosen Sandhügel. Die Mittagssonne stach sengend auf den Bahnsteig nieder. Die elektrische Glocke meldete den Schnellzug. Herr Ahlmeyer, der Stationsvorsteher, erschien, die rote Mütze im Nacken. Über ihm, im ersten Stock des Hauses, wurde ein Fenster geöffnet. Betty Ahlmeyer steckte den blonden Kopf heraus und blickte gespannt den Schienenweg hinab. So erwartete sie seit dreiundzwanzig Jahren jeden Zug.

Heute erlebte sie etwas. Als der Zug hielt, entstieg einem Wagen erster Klasse Mareile Ziepe. In einen rahmfarbenen Staubmantel gehüllt, stand sie auf dem Bahnsteig und wiegte eine kleine, rote Tasche hin und her. Ahlmeyer schoß auf sie zu: »Fräulein Mareile – Signora – nicht möglich! Wir haben Sie nicht erwartet.«

»So ist kein Wagen da?« fragte Mareile ruhig. Nein, es war kein Wagen da. Aber wollte Mareile nicht Kaffee trinken? Wollte sie nicht Ahlmeyers Fuchs und Jagdwagen? Nein, Mareile wollte zu Fuß gehen. »Künstlerinnen sind unberechenbar!« meinte Ahlmeyer.

Mareile schlug den Fußpfad über die Heide ein. Das warme, staubige Kraut knisterte unter ihren Füßen. Es duftete schwer nach Wacholder, Wermut, Schafgarbe. Töne, wie das Schwirren einer Violinsaite, zogen über das Land. Die lichtgebadete Schläfrigkeit über den altbekannten Orten stimmte Mareile nachdenklich. Die Arbeit an ihrem Schicksal hatte ihr die Heimat so fern gerückt.

Sie war mit Beate zusammen im Schlosse erzogen worden. Schon damals erschien es ihr als das Höchste im Leben, ganz zu denen auf dem Schlosse zu gehören. Mit wunderlicher Reizbarkeit empfand sie alles, was an den Unterschied zwischen ihr und Beate gemahnte. Sie selbst verstand es zu vergessen, daß sie die Tochter des Inspektors Ziepe war; daß die anderen es nicht vergaßen, brachte Gefühlsstürme in ihr hervor, die von ihrer Umgebung kaum begriffen wurden. In solchen Krisen hatte sie es geliebt, auf die Heide hinauszulaufen, zu laufen, zu laufen, bis ihr die Wangen brannten und sie müde an einem Wacholderbusch niederfiel. Dort, platt auf das Heidekraut hingestreckt, das Gesicht in die harten Stengel gedrückt, die Zöpfe voller Mittagsfalter, hatte sie unbändig geweint, weil sie kein Baroneßchen war.

Später kam Berlin mit dem Konservatorium, das Wohnen bei der Hauptmannswitwe, der Tante Oberau, die Reisen nach London und Wien, der Ruhm, endlich die Berliner Gesellschaft, in der Mareile durch Tarniffs eingeführt wurde. »Ich liebe sie wie meine Jugend«, sagte die Fürstin Elise Kornowitz von Mareile, und das war viel. Das Gefühl, daß dieses königliche Wesen eine gesellschaftliche Schöpfung der Fürstin Elise und ihrer Freundinnen war, begeisterte die Aristokratinnen für Mareile.

Still und staubig lag das Land da. Überall gelber Sand; Wiesen, Felder und Gärten lagen darauf, wie eine verblaßte Stikkerei auf einem blind gewordenen Goldgrund. Die Feldgrillen schrillten am Wegrain. Mareile mußte über sie lächeln. Als Knabe hatte Günther sie damit geärgert, daß er sagte, die

Feldgrillen riefen: »Ziepe – Ziepe.« Ja! Alles rief hier »Ziepe« und schien nichts von der berühmten Mareile Cibò, der Freundin der Fürstin Elise, zu wissen. Jetzt bog Mareile in die Lindenallee, die zum Schlosse führte, ein. Hier war es kühl und schattig. Das Ping-ping einer Schmiede tönte herüber. Ein Stallknecht, die Tressenmütze im Nacken, ritt ein großes, blankes Pferd aus; endlich das Schloß mit seiner schwarzgelben Fahne. Das war wieder Mareiles Welt. Über den sonnigen Hof ging sie zur Inspektorswohnung hinüber.

Gelber Sonnenschein lag in der kleinen Wohnstube auf den schwarz und rot gemusterten Möbeln. Auch der bekannte Geruch von Fettstiefeln und Suppe schlug Mareile entgegen. Wie still und unverändert das alles hier auf sie gewartet hatte! Auf dem Sofa schliefen die Zwillinge Jei und Sini, die Backen rot unter dem blonden Flimmern der Haare. Sini erwachte und weinte. »Werdet ihr die Mäuler halten!« rief Frau Ziepe von der Küche herüber. Sie erschien in der Tür – im kurzen Unterrock, die Ärmel aufgestreift, die nackten Füße in Pantoffeln. Sie errötete: »Mareiling – Kind!« Sie breitete die nackten Arme aus, ließ sie jedoch wieder sinken. »Nein, nein – komm nicht. Wie ich ausschau' – was? ich muß den Fußboden scheuern, die Anna is so dumm. Ich komme gleich.« Sie verschwand wieder.

Vor dem Spiegel, hinter dem die Rute der Zwillinge steckte, nahm Mareile den Hut ab. Hinter ihr trat Vater Ziepe in das Zimmer, eine schwere Gestalt in weißem Leinwandanzuge, ein rotes Gesicht in einem gelben Bartgestrüpp. Erschrekkend, dachte Mareile, die ihn im Spiegel betrachtete, dann wandte sie sich ihm zu. »Teufel, unsere Dame«, sagte Ziepe und küßte seine Tochter befangen auf den Scheitel. »Wo is Mutter?«

»Du willst wohl deinen Kognak, Vater?« erwiderte Mareile. Ziepe stand breitbeinig da und sah zu, wie seine Tochter zwischen Spind und Tisch hin und her ging unter dem leisen Klirren der Armbänder. »Hätte nicht pressiert«, brummte er, setzte sich und aß. Er wußte nichts zu sagen und schalt die Zwillinge. »Immer schlafen, wie die Spanferkel.«

Endlich kam Frau Ziepe im frischen Kattunkleide, die Augen voller Tränen. Ziepe fuhr sie an: »Was, heute wieder das Scheuerweib gespielt? Ich will das nicht. Ich hab' kein Scheuerweib geheiratet. Wozu is das Mädchen da – Teufel auch!«

Frau Ziepe hörte ihn nicht. »Wie das glänzt!« sagte sie und strich über den Diamant in Mareilens Ohr. Ziepe erhob sich, ging, froh, seiner vornehmen Tochter aus den Augen zu kommen.

Mareile lehnte sich in die Sofaecke zurück. Die Fliegen summten an den Fensterscheiben; die Suppe nebenan roch immer stärker. Frau Ziepe ging leise hin und her und diente ihrer Tochter, erzählte dabei von der Wirtschaft, den Herrschaften, dem Dienstmädchen. Die fünfzehnjährige Lene kam, kauerte zu Mareilens Füßen nieder und schaute andächtig zu der herrlichen Schwester auf. Das alles war rührend und lieb. Das findet man draußen in der Welt nicht. Und doch, warum ist all das so zum Weinen traurig? dachte Mareile.

Fünftes Kapitel

Günther wollte wirtschaften. Er ging auf das Feld hinaus. Es wurde gemäht. Brusttief regten sich die Leute in den Halmen, wie in knisternder, gelber Seide. Ziepe stand dabei und schimpfte: »Du kleines, schwarzes Aas, heißt das setzen? Du brauchst nur mit deiner Rotznase anzustoßen, dann purzelt die Bude um.« Günther war sehr würdig und leutselig. »Hier ist ungleich gemäht«, bemerkte er. »Haben die Leute auch zu trinken? Ich will, daß nichts versäumt wird.« Er schritt an den

Garben entlang, durch die Atmosphäre der heißen Ähren und heißen Menschen. Von einer Garbennehmerin, die hübsche Augen hatte, ließ er sich die Ackerwinden geben, die das Mädchen auf dem Strohhut hatte. Als er jedoch weiter dem Ellernbruch zuging, war er unzufrieden. Das müßte anders sein. Er müßte anders auf seine Leute wirken. Diese gleichgültigen Augen wollte er nicht. Teufel! Wenn man auf seine eigenen Arbeiter nicht wirkt, wo will man denn Effekt machen!

Im Ellernbruch fand Günther eine lange, bunte Gestalt im Grase liegen. Wie kam all das hierher? Der blau und weiß gestreifte Sommerflanell, das blauseidene Hemd, der rot und blau gestreifte Gürtel?

»Hans Berkow«, sagte Günther.

»Morjen, Tarniff«, meinte Berkow und gähnte. »Wie geht's?«

»Was machst du hier?«

»Siesta. Nimm doch Platz.«

Günther setzte sich auf das Moos. Was der Anblick von Hans Berkow nicht alles an Berliner Luft mitbrachte! »Studien«, berichtete Hans. »Ich wollte euer brutales Licht studieren, dicke Bauernmädchen. Das ewige Malen von Berlinerinnen macht den Pinsel flau.«

»Wo wohnst du? Warum bist du nicht bei uns?«

»Es ist nicht angenehm, der unvermeidliche Berkow zu sein. In Berlin ist er – in Kaltin wieder.« Das Gesicht hatte so regelmäßige Züge, daß es zuerst leer und starr erschien. Rotes Haar in kurzen Locken bedeckte wie eine Kappe den Kopf. Die enzianblauen Augen mit den roten Wimpern aber waren es, die dem Gesicht seine überraschende Schönheit gaben. »Ich wohne in einem Waldkruge. Schöne Bäume. Auch die Familie Mankow ist malerisch. Die Tochter Eva – eine gute Studie in Rot.«

»Dort kannst du nicht bleiben«, meinte Günther.

»Ja – wenn du was für mich tun willst –« Hans blinzelte mit den roten Wimpern nachdenklich zur Sonne auf. »Du hast da so 'n altes Schloß. Süperb vermoost. Wenn du mir gestatten würdest, dort –«

»Aber natürlich.«

»Danke.«

Eine Weile schwiegen beide. »Die schöne Mareile ist heute bei euch angelangt«, begann Hans wieder. »Du bist gut unterrichtet«, meinte Günther. »Bist du deshalb hier?«

»Ja – auch.« Berkow wälzte sich, wie im Bette, auf die andere Seite herum. »Ja – Mareile ist gut – nicht?« sagte er langsam. »Wenn sie sich ein wenig zurückbiegt – dann die Linie den Busen hinauf zum Halsansatz – das vergißt sich nicht so leicht. Und die Arme – als wäre sie im Peplon geboren.«

»Du bist im Zuge«, bemerkte Günther. Berkow zog die Augenbrauen hinauf. »Was willst du! Wenn der Gedanke an ein Weib uns zu beißen anfängt, wie der bekannte spartanische Fuchs aus der Geschichtsstunde – na – dann muß was geschehen... Wenn ein Weib eine unbequeme große Rolle in unseren Vorstellungen zu spielen beginnt, ja – dann müssen wir es eben besitzen, um es loszuwerden. Kann ich auf dich rechnen?«

»Gewiß, gewiß, mein Alter«, erwiderte Günther. »Soweit bei Mareile von Rechnen die Rede ist... Sie ist unberechenbar.«

»Ach Gott! Die Mädchen haben ja doch alle denselben Generalnenner!« meinte Berkow. Günther lachte gezwungen. Der Gedanke an ein schönes Weib in Verbindung mit einem anderen als ihm selbst war Günther stets zuwider gewesen.

Sechstes Kapitel

Zum Diner pflegte Mareile im Schlosse zu erscheinen. Sie war still und nachdenklich. »Das ist die Kaltiner Luft; in ihr wird man froh und ein wenig schläfrig«, sagte sie. Das Leben hier ergriff die Sängerin, wie ein großes Schweigen uns ergreift, wenn wir aus lautem Lärm kommen. Am Abend saß man im Gartensaal bei der Lampe zusammen. Der Duft tauiger Blumen strömte durch die geöffnete Tür in das Gemach. Beate lag im Sessel und schloß die Augen. Den Tag über einer unruhigen, launenhaften Sinnlichkeit dienen, das macht müde. Mareile sang. Ihre Stimme klang hoheitsvoll und wunderbar erregend durch die alten, tiefberuhigten Räume. Günther lehnte in der Tür und sah auf die Rosenbüsche hinaus, die schwarz und regungslos im Mondlichte standen. Er war bewegt wie ein Knabe. Die beiden schönen Frauen, die Musik, die Mondnacht. All das machte ihn unruhig. Er hätte gewollt, daß auch Mareile ihn liebte, oder, daß auch er so singen könnte, oder – er wußte es selber nicht.

Die frischgemähten Stoppelfelder glitzerten unter der grellen Herbstsonne, die Ebereschenallee war rot von Beeren, im Schloßgarten flammten die Gladiolen, Stockrosen und Georginen. Es war Zeit, die Hühnerjagd zu eröffnen. Beckmann stand auf der Freitreppe, schützte mit der Hand die Augen und sah die Landstraße hinab, ob von der Station der Besuch käme. Der Gartensaal füllte sich mit den gewohnten Gästen. Die Fürstin Elise Kornowitz mit ihrer gelehrten Gesellschafterin, dem Fräulein von Mikewitz, der Verfasserin eines Buches über »Die Stellung der Frau bei den Römern«, langten an. Die Fürstin war ein kleines, gutes Wesen. Das feine Gesichtchen weiß von Puder. Die ganz hellgrauen Augen sahen ein wenig müde unter der Wolke blonden Haares hervor. Sie trug das Haar, wie Charlotte von Stein es zu tragen pflegte, denn sie glaubte ihr zu gleichen. »Im Äußeren und in manchem anderen«, liebte sie zu sagen. »Bin ich dein Goethe?« fragte ihr Gemahl sie mit seinem ironischen, freudlosen Lächeln. »O nein«, meinte die Fürstin, »mein Goethe ist Mareiling.« Der Fürst Kornowitz kam allein. Er reiste immer allein. »Reisen macht unliebenswürdig«, behauptete er, »und geteilte Unliebenswürdigkeit ist doppelte Unliebenswürdigkeit.« Einige Offiziere füllten den Gartensaal mit leisem Sporenklirren und dem Duft Attkinsonscher Parfüms und feinen Juchtenleders. Die Grafen Egon und Botho Sterneck von den ersten Garde-Ulanen, Seiner Majestät schönste Offiziere; der Major von Tettau. Er rollte seine hervortretenden, fayenceblauen Augen, als sei ihm der gelbe Kürassierkragen zu eng, und versteckte unter dem großen, militärischen Schnurrbart ein kleines, gefühlvolles Mündchen. Leutnant von Remm, von den Königshusaren, klein und blond, errötete wie ein Primaner. Die Gräfin Blankenhagen, die die schönsten Arme der Gegend hatte, war zu Pferde vom Nachbarsgut herübergekommen. Frau von Scharf mit ihrer Agnes kamen ohnehin zu jeder Jagd, denn für Agnes, mit den blauen Marlittaugen, mußte eine Partie gefunden werden.

Als Mareile in den Gartensaal trat, verbeugten sich die Herren sporenklirrend, sie hatten dabei alle ein blankes Flackern in den Augen. Major von Tettau murmelte: »Donnerwetter« und zog seinen Mund süß zusammen, als schlürfte er Marasquino. Mareile grüßte flüchtig und zerstreut. Sie lächelte der Fürstin Elise entgegen und tat, als sehe sie nur diese, aber all die begehrenden Männerblicke erregten ein wohliges Gefühl in ihr, als stände sie unter einer warmen Dusche.

Günther war sehr angeregt. »Gut, daß sie alle da sind. Wir wollen ihnen mal zeigen, was 'ne Ehe ist«, sagte er zu Beate.

Es war Hühnerjagd angesagt.

Hans Berkow ging durch die tauigen Stoppelfelder dem Schlosse zu. Er dachte über Mareile nach.

Die machte ihn krank, da unter all den Männern, die auch nur sie begehrten. Und dazu dieses adelige Leben mit seinen festen, kalten Schranken. Ja, sich einmal, wie die Burschen unten im Kruge, um sein Mädchen raufen zu dürfen, das müßte gut tun!

Vor der Freitreppe des Schlosses waren die Jäger, Waldhüter und Hunde versammelt. Oben standen die Damen, feine Figürchen, die sich bunt von dem alten, sonnbeschienenen Portal abhoben. Hübsch, dachte Berkow. Stil bis zu den Hunden. Dafür lassen diese Leute sich in Stücke hauen ... und das steigt der Mareile zu Kopf. Verdammt.

Günther kommandierte sehr laut, angeregt von all den Menschen, Hunden, von all dem Lärm und Licht um ihn her. »Egon, bitte hier hinauf. Sie, meine Herren, hier bitte, Mankow, zeig' den Weg. Renne in die Kartoffeln. Das Frühstück im Eichenwäldchen. Gut Heil! Sanho bei Fuß.«

Günther und Berkow schlenderten quer über ein Stoppelfeld. »Hör', Hans«, sagte Günther, »ist der Egon Sterneck dir bei der Mareile nicht ein wenig vor?«

Hans blieb stehen. »Weißt du, mein Lieber, daß ihr, mit eurer Schloßerziehung, dieses Mädchen unnütz kompliziert habt? Ja, ihr habt die eigentliche Mareile gefälscht. Möglich, daß sie's jetzt für ein Glück hält, in euer adeliges Regiment eingestellt zu werden; aber die wahre Mareile kann das nicht wollen.«

»Die will Hans Berkow?«

»Ja... und siehst du, ihr Blut -- das prachtvolle, wilde Plebejerblut, das spricht für mich gegen Sterneck.«

Jetzt stand Sanho, und ein Volk Hühner schwirrte auf. Die Herren schossen; dann trennten sie sich. Hans pfiff ärgerlich seinem Hunde und streckte sich am Feldrain aus. –

Hans Berkow hatte sich studiert, wie ein geistreicher Diener seinen Herrn studiert. Er kannte seine starken und seine schwachen Seiten und all seine Mittel. Kühl und klug hatte er es stets verstanden, seine großen Appetite zu befriedigen. Hier, vor Mareile, wurde er mutlos; sie schien etwas zu sein, das nicht für ihn bestimmt war, und doch hatte er im Leben noch nichts so stark begehrt wie dieses Weib. Verteufelt auch.

In dem Wäldchen war der Frühstückstisch gedeckt. Die Damen trugen alle helle Sommerkleider. Die Gräfin Blankenhagen in Gelb, die schönen Arme entblößt, Agnes Scharf, das Kind, in Rosa, die Fürstin Elise in Mattviolett. »Wie eine Roggengarbe voll bunter Unkräuter sieht die Gesellschaft aus«, sagte Günther. Mareile saß zwischen Egon Sterneck und dem Fürsten Kornowitz. In einem blau und rosa Musselinkleide, auf dem Strohhut blau und rosa gestreifte Rosen, »Cibò-Rosen«, wie sie im Modeblatt hießen, war ihre Schönheit heut wieder unmittelbar einleuchtend. Die Haut hatte einen warmen rosigen Ton, in den sich etwas wie Gold mischte. Die tokaierbraunen Augen strahlten. Jeder Mann, der Mareile ansah – bis zu den Waldhütern –, mußte lächeln. Sterneck unterhielt sie. Er sprach beständig mit einer eigensinnigen, gewaltsamen Liebenswürdigkeit, als wollte er keinem anderen Zeit lassen, Mareile anzureden. Der Fürst saß schweigend da, die trüben Augen teilnahmslos in die Ferne gerichtet, als warte er geduldig und kummervoll auf etwas.

Es war köstlich unter dem sonnenwarmen Laubdach. Lichtfunken und Blätterschatten zitterten über die Tafel hin. Große Hummeln verirrten sich in die Gläser. Baumblüten fielen in den Wein und in die Haare der Damen. Alle fühlten sich freier, einander näher als drüben im Schloß.

Günther unterhielt sich mit der Gräfin Blankenhagen, die heute besonders wild mit ihm kokettierte. Er mußte jedoch immer wieder zu Mareile hinübersehen. Wenn die anderen einem schönen Mädchen den Hof machten, verstimmte es ihn, nicht mehr dabei, ausrangiert zu sein.

Nach dem Frühstück sollten die Damen die Herren in das Feld begleiten. Egon Sterneck nahm, als verstände es sich von selbst, Mareile für sich in Beschlag – – – und Hans Berkow fand, daß Mareile das auch selbstverständlich fand. Ihm war der Jagdtag verdorben. Immer mußte er auf dem Felde den bunten Fleck von Mareiles Kleid neben Sternecks hoher Gestalt sehen. »Also – sie will doch in die gräfliche Zwangsjacke!« knurrte er. –

Am Abend war großer Ball. Mareile hatte sich eben in ihrem Stübchen angekleidet, ein erdbeerfarbenes Kreppkleid mit schwarzen Stiefmütterchen und dunkelroten Rosen »Sultan von Zanzibar«. Jetzt rauschte sie die Treppe zur Inspektorswohnung hinunter. Sie wollte ihre Mutter abholen.

In der Wohnstube herrschte Dämmerung. Vater Ziepe stand am Ofen und lachte, wie er zu lachen pflegte, wenn er die Mutter ärgern wollte. »Na, unsere Balldamen sind parat. Mutter hat sich schon seit einer Stunde dekolletiert – um mit dem Kandidaten Halm unten am Tisch zu sitzen. Die Ehre. Ha – ha.«

Mareile stand schweigend da, eine helle Gestalt, an der es seidig rauschte, leise – wie Gold – klingelte, süß duftete. Die beklommene Luft dieser Stube, in der es nach des Vaters garen Kartoffeln roch, die zankende Stimme, der säuerliche, trübe Werktag schlugen ihr wie etwas Unreines, Feindliches entgegen, das sie und ihr Kleid beflecken wollten und denen sie entfliehen mußte. »Komm, Mareiling«, sagte die Mutter, »mit dem is heute wieder nicht zu reden.«

Für die heutige Gesellschaft waren die Festräume des alten Flügels geöffnet worden: das Eßzimmer mit der Schäferszenerie an den Wänden, der grüne Bildersaal, der auf den Wintergarten hinausführte, und der große Ahnensaal. Neben der

Baronin saß die Gräfin Hochau und beobachtete mit ihrem strengen, blanken Gesicht Irma Blankenhagen, die mitten im Saal mit Egon Sterneck sprach.

»Aha«, meinte sie, »es scheint endlich dazu zu kommen.«

»Wir wollen es hoffen«, sagte die Baronin.

Mareile trat in den Saal. Egon wandte sich sofort von seiner Dame ab und ging auf Mareile zu.

»Das also ist Ihr Erzug, Liebe«, sagte die Gräfin Hochau und musterte Mareile. »Hm – charmant! Ja – diese Damen richten viel Unheil an... das kennt man.«

»Meine Mareile ist doch ganz anders«, erwiderte die Baronin.

»So! Freut mich. Solche Aufzöglinge gelingen sonst selten«, meinte die Gräfin.

Zum Diner führte der Hauptmann Tettau Mareile. Egon saß ihr gegenüber – mit Irma Blankenhagen. Er unterhielt sich jedoch nur mit Mareile. Das hübsche Gesicht mit seiner ein wenig starren, nordischen Regelmäßigkeit war heute erregt wie das Gesicht eines glücklichen Knaben. Die übrige Gesellschaft fühlte, daß sich hier etwas ereigne. Die Unterhaltungen wurden zerstreut. Ein jeder wollte diese beiden beobachten, die sich so kameradschaftlich miteinander beschäftigten und taten, als wären sie allein. Agnes Scharfs Augen wurden immer größer, indem sie Mareile anschauten, und ihr rosa Gesicht nahm einen andächtigen Ausdruck an, als hörte sie einer Liebespredigt zu. »Sehr rassig, das Fräulein Cibò«, schnarrte Leutnant von Remm neben ihr. »Rassig? Himmlisch, wollen Sie sagen«, erwiderte Agnes verträumt. Remm errötete. »Ja – hm – natürlich«, murmelte er und merkte dabei, wie die Verliebtheit in die rassige Dame ihm die Kehle zuschnürte. Unten am Tische saß Frau Ziepe neben dem Kandidaten Halm. Beide schauten Mareile feierlich und schweigend an, als wären sie zu diesem Schauspiel eingeladen und genössen es jetzt still und glücklich.

Nach dem Speisen wurde getanzt. Günther als Tanzleiter war unermüdlich. Er führte die Quadrillenpromenade die breiten Treppen auf und ab und ließ auf einer Galerie ein jedes Paar vor Frau Bias, der alten Gärtnersfrau, und Frau Mandelkoch, der Mamsell, die dort schläfrig beieinandersaßen, eine Verbeugung machen. Dann mußten alle in den Garten hinaus, in die stillen, mondbeschienenen Gänge, an den schlafenden Blumenbeeten hin. Die weiße Feierlichkeit der Mondnacht strich erregend über die nackten Schultern und Arme, stieg allen wunderlich zu Kopf. Man wurde schweigsam auf diesem Gange zwischen den Tuberosen und Gladiolenbeeten, hier und da erscholl ein hysterisches Frauenlachen, Agnes Scharf bekam einen Weinkrampf, die Gräfin Blankenhagen ließ sich in einem Schattenwinkel von Botho Sterneck küssen. Egon Sterneck wich nicht von Mareiles Seite, und das erschien heute wie selbstverständlich; das schöne Paar, das sich rücksichtslos in die Augen sah, war der beredte Ausdruck der Stimmung dieses Abends. »Der Tarniff versteht sich auf die Behandlung der Gesellschaftsnerven«, sagte der Graf Blankenhagen, der trotz seines weißen Kaiser-Wilhelm-Bartes mit Beate die Quadrille tanzte. »Sie Göttliche!« sagte Agnes Scharf und umarmte Mareile so leidenschaftlich, als sei Mareile die Liebe in Person.

Mareile ließ sich von diesem Strom der Bewunderung willig tragen. Sie fühlte ihre eigene Schönheit von sich ausstrahlen, wie etwas Erwärmendes und Beglückendes. Das Fazit des Abends konnte ja morgen herausgerechnet werden; heute war Feierabend.

Als Hans Berkow sich mit Mareile zu einem Konter niedersetzte, sagte er sich: »Jetzt muß es sein. So ist's zu dumm. Sie wird's schon spüren, daß ich anders wirklich bin als all diese stilisierten, adligen Gespenster.« Ihnen gegenüber tanzte der Fürst Kornowitz mit der Gräfin Blankenhagen. Als sie sich zur ersten Figur erhoben, sagte Hans kurz: »In der nächsten Pause frage ich Sie etwas.«

Als sie wieder saßen, sagte Mareile: »Und Ihre Frage, Herr Berkow?«

»Ja so – die Frage!« Hans begann lässig mit niedergeschlagenen Augen: »Ich schicke also voraus, daß ich Sie liebe. Es fragt sich nur – ob – ob«, er blickte zur Decke auf, suchte nach einem Ausdruck, ließ sich Zeit, »ob Sie das wissen – ob Sie das so gewollt haben?«

»Ja – wissen Sie das denn auch sicher?« fragte Mareile freundlich. Sie war nicht überrascht. Es war, als müßten heute alle ihr von Liebe reden. Hans zuckte die Achseln: »Mein Gott! So etwas merkt man! Unsere Leidenschaften fallen uns an. Wir können nichts dafür. Vielleicht ist's dieses Mal etwas Gutes, *das* Gute, das mich angefallen hat und so...«

Er sprach jetzt leise und eindringlich; er schaute Mareile dabei bittend an, wie jemand, der in Not ist. »Ich bin sonst mißtrauisch gegen Gefühle, aber dieses Mal...«

Mareile fühlte, daß er sie ansah, daß er sie zwang, aufzuschauen, und dann erschütterte der Ausdruck der blauen Augen sie, die so gierig ihre Gestalt tranken. Sie machten Mareile sprach- und hilflos. Es war ihr, als müßte sie mit beiden Händen nach ihren Kleidern fassen, sie halten, um nicht nackt vor diesem Blicke dazustehen.

»Das müssen Sie doch gewollt haben«, sagte Hans leise.

Mareile schwieg noch immer. Vor diesen heißen Augen wurde ihr feierlich zumute. »Wir – wir beide miteinander werden anders frei sein als die – hier«, setzte Hans hinzu.

»Das ist aber zu arg!« rief die Gräfin Blankenhagen. »Ich bitte zu tanzen. Es ist hier kein Rout.«

Als Mareile sich erhob, sagte sie – und ihre Stimme klang, als empörte sie sich gegen etwas: »Frei! Warum muß man frei sein?« Dann tanzten sie.

Der Tanz war zu Ende. Mareile eilte in den Wintergarten hinaus. Aus dem Palmenhause nebenan strömte eine heiße, duftschwere Luft herein. Mareile setzte sich auf eine versteckte Bank, die Phönixpalmen und Rhododendron umstanden. Sie fühlte sich seltsam ergriffen. Vor den Blicken und den Worten dieses Mannes war etwas in ihr geschmolzen. Verlangen und Widerwille kämpften in ihr und machten sie unglücklich. »Nein – nein – das nicht!« murmelte sie. Sie lehnte den Kopf in die Blüten der Rhododendron zurück und schloß die Augen. Sie sah Egon Sternecks Gesicht vor sich, die stahlblauen, von ihr begeisterten Augen. Hier waren keine schwülen Rätsel; nur sicheres Besitznehmen. Wer beschützt sein, wer fest und hoch stehen wollte, der mochte es bei den Augen gut haben. Dann mußte Mareile die Augen aufschlagen. Es war ihr, als sei jemand da und sähe sie an. Der Fürst Kornowitz stand vor ihr und schaute mit seinen müden, wartenden Augen auf sie herab.

»Hat Sie die Erklärung des Malers so stark ergriffen?« fragte er mit seiner leisen, heiseren Stimme.

»Wissen Sie davon?«

»So etwas sieht man.«

Mareile lächelte: »Natürlich! Wenn man uns von Liebe spricht, das ergreift uns immer.«

Der Fürst setzte sich zu Mareile. »Ja – ja«, meinte er, »natürlich, diese – jungen Herren sprechen Ihnen – von Liebe – natürlich. Und dann ist es vielleicht der eine oder der andere – und es kommt so 'ne brave Verlobung zustande – nicht wahr?«

»Gewiß!« Mareile errötete. »Ich will nichts anderes als eine brave Verlobung. Ich will eingereiht werden und beschützt werden und in Reih und Glied stehen. Für die Ausnahmsgöttin, die Sie aus mir machen, bin ich viel zu feige, vor der fürchte ich mich. Ja, so ist es, lieber Freund.«

Der Fürst lachte tonlos in sich hinein. »Ja, Sie sind klug. Sie wollen wie die anderen sein. In Reih und Glied, was? Fürchten sich vor sich, wie? Na, Sie werden schon den Mut zu Ihren Torheiten finden. Denken Sie dann an mich. Ich bin ein alter Kerl, ich habe Sie verpaßt. Nichts zu machen! Aber Sie haben mir ja erlaubt, Ihnen zuweilen zu sagen: ›Ich liebe Sie – ich liebe Sie – ich liebe Sie!‹ Ein kleines Almosen. Und – wer weiß – nach den großen Torheiten – wer weiß. Ich warte.«

»Gott schütze mich!« sagte Mareile tonlos. Dann wurde es still in der Laube. Mareile lehnte sich zurück, griff fest in die roten Blüten der hinter ihr stehenden Büsche, wie um ihre Hände zu kühlen, während der Fürst sie ansah – das Gesicht fahl, die Züge messerscharf, wie bei einer Leiche, die Augen, unter den schweren Lidern, vom Alter verschattet und getrübt.

Nebenan, hinter den Palmen, wurden Schritte vernehmbar. Die fette Stimme des Majors von Tettau sagte: »Du wirst zugeben, mon cher, daß du weder so jung bist noch so situiert, um dich bei jeder, na – sagen wir beauté, so ins Zeug zu legen.«

»Bitte«, erwiderte Egon Sternecks Stimme leise und gereizt. »Darf ich fragen, was dich das …«

»Angeht, was?« ergänzte Tettau. »Na, älterer Kamerad, Verwandter.«

»Was willst du?«

»Reg' dich nicht auf!« knarrte Tettau.

»Ich sag' ja nichts. Charmante Dame, Künstlerin. Ich bin der erste, der da huldigt. Aber du affizierst dich heute so, man könnte denken – –«

»Nun und?« brummte Sterneck.

»Noch eine Frage, erlaube«, fuhr Tettau fort. »Kann der älteste Sterneck ein Fräulein Cibò oder Ziepe heiraten? Nein – also! Erlaube, ich bin gleich fertig. Du froissierst die Komtesse Irma und die Gräfin, und das geht nicht, das weißt du. Zuerst die Familie und das Regiment, dann die kleinen Passionen. Unsereiner wird nun mal mit der Kandare im Maul geboren.«

»Ach! Laß mich zufrieden!«

»Sofort. Also, mein Sohn, abgeschwenkt, es ist die höchste Zeit. Unsereiner muß Order parieren.«

Mareile war aufgestanden, bleich bis an die Lippen, die festgeballten Hände voll roter Blumenblätter. An der Saaltür mußte sie stehen bleiben, weil die Leute sich dort drängten.

»Fräulein Mareile«, sagte jemand neben ihr. Es war der Kandidat Halm. Seine Augen glitzerten erregt hinter den Brillengläsern, und er errötete. »Fräulein Mareile, wollen Sie nicht mit mir einen Walzer versuchen? Sie wissen doch noch, ich walze – gut.«

»Ach nein«, sagte Mareile böse.

Halm rang vor Verlegenheit die Finger ineinander, daß sie knackten. »O! Entschuldigen Sie. Natürlich – sehr natürlich.«

Mareile wandte sich ab und ging. Sie ertrug all das nicht länger. Oben in ihrem finsteren Stübchen atmete sie auf. Die Stille tat gut. Durch das geöffnete Fenster kam die Nachtluft und kühlte Mareiles nackte Schultern. Der Mond stand zwischen großen, goldgesäumten Wolken und ließ alle Edelsteine an ihr aufblitzen, als sie jetzt mit leisem Rauschen vor ihrem Bette niedersank und weinte. Und deutlich klang ihr wieder Hans Berkows leise, leidenschaftliche Stimme in den Ohren: »Wir beide. Wie frei würden wir sein!« –

Am nächsten Morgen schaute Mareile trübselig auf den Hof nieder. Hinter dem Gartengitter, auf dem Tennisplatz, regten sich Herren in hellen Anzügen, Damen mit weichen, bunten Kappen auf den Köpfen. Das »out« und »play« der Spielenden klang lustig herüber. Nein! Zu denen konnte sie jetzt nicht. Sie grollte ihnen. Ein kleiner Wagen hielt vor dem Schloßtor. Von Günther geleitet, trat eine blaue Gestalt auf die Freitreppe hinaus. Egon – Sterneck. Er fährt zur Station, dachte Mareile. Sie mußte sich abwenden. »Er pariert Order«, sagte sie kummervoll vor sich hin. Ein unerträgliches Gefühl der Demütigung machte sie krank.

Am Nachmittag wurde ein Spazierritt nach dem Walnösee unternommen. Auf einem Hügel machte die Gesellschaft halt und lagerte sich unter den großen Tannen. Unten lag der See, ein rundes Wasserbecken, schwarz und regungslos. Es wollte nicht recht heiter werden in der Gesellschaft. Auf allen Gesichtern zeigte sich ein ruhevolles Sinnen.

»Wollen wir wenigstens singen, wenn wir uns nichts zu sagen haben«, sagte Günther, der solche Stimmungen nicht liebte: »Also, Verlassen, verlassen –«

Verlassen bin i –
Wie der Stein auf der Straße;
Kein Mensch mag mi ni.

Das war das Rechte. Alle sangen mit. Diese Klage tat ihnen wohl. Der See begann zu dampfen; straffgezogene Nebelstreifen hingen über dem Wasser. Rehe, von dem Gesange erschreckt, flohen leidenschaftlich bellend in den Wald. Mareile saß am Rande des Abhanges, die Hände im Schoße gefaltet, die Augen voller Abendschein, und um sie her der Fürst, Remm, Tettau, Berkow. Alle dachten nur an sie, fühlten nur sie. Günther seufzte: »Ach ja, das gehört dazu! Ein Mädchen, das uns betrunken macht.« Warum zählte er nicht auch noch mit!

Auf dem Heimwege ritt Hans Berkow neben Mareile her. Im Walde dämmerte es bereits. Über den zerzausten Föhrenwipfeln hing ein Stück Mond im bleichen Himmel.

»Ich spreche natürlich wieder von – von meiner Liebe«, begann Berkow sofort. »Ist Ihnen das unangenehm?«

Mareile lächelte, aber es schien Berkow, als läge in diesem Lächeln etwas wie Kummer. »Ach, Herr Berkow, Sie wissen doch, wir haben einander immer widersprochen. Ich glaube, wir sind fast – so was – wie – wie Feinde.«

Berkow trabte eine Weile schweigend vorwärts, dann lachte er.

»Die Gesellschaftsdame der Fürstin Elise, das Fräulein von Mikewitz, ist doch sehr gelehrt?«

Mareile schaute verwundert auf. »Wie kommen Sie auf die arme Mikewitz?«

»Daß sie die *arme* Mikewitz ist, wußte ich nicht«, sagte Hans, »aber gelehrt ist sie. Sie macht gelehrte Vergleiche. Gestern sagte sie: ›Der Major tanzt wie ein Mylodon.‹ Mylodon soll ein Faultier der Tertiärperiode sein.«

»Warum erzählen Sie das – – jetzt – so –«

»Weil ich auch einen Vergleich wie Fräulein von Mikewitz machen möchte.«

»Nun?«

»Also. Es gibt zwei Stoffe. Wasserstoff und Sauerstoff. Gut. Also diese beiden vertragen sich nicht. Kommen sie zusammen, so bleiben sie in so starker Spannung, daß sie einen sehr explosiven Stoff abgeben. Leitet man nun einen elektrischen Funken durch sie hindurch, dann explodieren sie zwar, vereinigen sich jedoch zu einem kristallhellen, stillen Wassertropfen.«

Mareile sagte nichts. Sie waren an den Park von Lantin gekommen.

»Was sagen Sie von meinem Gleichnis?« fragte Hans.

»Gut ist es«, erwiderte Mareile und reichte ihm ihre Hand hinüber: »Gute Nacht.«

Hans hielt die kühle Hand fest, die wie kraftlos in der seinen lag. Er sah Mareile in das mondbeglänzte Gesicht, in die Augen mit dem schmelzenden Glanz, den Mädchenaugen annehmen, wenn das Gefühl den Willen übermannt. Er mußte lachen, so stark schüttelte ihn ein plötzliches Triumphgefühl. »Fräulein Mareile«, begann er, aber schon schnaufte Leutnant von Remms Stute hinter ihnen.

Am Vormittage saßen einige Damen unter der maurischen Bogenhalle im Garten und machten Handarbeit. Leutnant von Remm pendelte unablässig zwischen den Damen und der Lindenallee hin und her, wo Mareile und Hans Berkow schon eine Stunde lang auf und ab gingen.

»Jetzt ist's geschehen«, meldete er.

»Was? So sagen Sie doch«, drängte Agnes von Scharf.

»Er hat ihr die Hand geküßt«, meinte Remm und setzte sich bekümmert auf die Gartenbank.

»Sein Sie nicht tragisch, Remm«, sagte die Gräfin Blankenhagen, »Fräulein Cibò kann doch nicht auf alle Leutnants Rücksicht nehmen. Ich finde unseren Maler sehr nett.«

»Das muß so kommen«, dozierte Fräulein von Mikewitz. »Wenn auf sieben Meilen im Umkreise nur ein männliches und ein weibliches Individuum einer bestimmten Gattung, sagen wir einer Schneckenart, existiert, so finden sie sich doch zusammen. Die Natur will es. So auch hier.«

»Das Fräulein wird mit ihren gelehrten Vergleichen jedesmal unpassend«, flüsterte Frau von Scharf der Gräfin zu.

Auf dem Schlosse war es stille geworden. Mareile und Hans Berkow waren die einzigen Gäste. Die Ziepes hatten dem Brautpaar ein Festessen gegeben. Es war schon spät, als Mareile und Hans aus der Inspektorswohnung auf den Hof hinaustraten. Sie atmeten tief auf. Die kleinen Zimmer waren so voll von Speisen und erhitzten Menschen gewesen. Die

Mondnacht war sehr hell. Vom Garten duftete es süß herüber. Die Feldgrillen schrillten in den Stoppeln, und vom Teiche scholl das verträumte Plaudern der Enten herauf. In der Lindenallee gingen Günther und Beate langsam auf und ab. »Famos!« rief Günther dem Brautpaare zu. »Kommt, wir machen eine Nachtrunde.« Mareile und Beate faßten sich um die Taillen und gingen den Wiesenpfad entlang. »Eine Zigarre, mein Alter, bitte«, sagte Günther. »Also – wie – wie – wie bekommt es dir?«

Hans hob den Kopf, als wollte er den Rauch seiner Zigarre dem Monde in das Gesicht blasen.

»Danke – gut. Außerordentliche Wesen, diese unsere Damen. Was die nicht alles an uns für wirklich halten! Was?«

»Na, wir sind doch auch wirklich genug«, meinte Günther.

»So? Ja – o ja! Aber da ist doch wieder manches wirklich, an das sie nicht glauben; in uns nämlich. Wie der Mond, kehren wir unseren Frauen immer nur eine Seite unseres Wesens zu.«

Günther wurde ungeduldig. »Eine Seite! Ist das nicht genug? Und wenn's noch die helle ist. Auswendig brauchen die Frauen uns doch nicht zu wissen. Das unnütze Grübeln! 'ne Frau hat man über sich ergehen zu lassen wie die Dusche oder das Schicksal, nur dann wirkt sie.«

Sie waren bis an das Eichenwäldchen gelangt. Mitten darin lag eine kleine Lichtung, ganz mondbeglänzt.

»Ein Saal«, rief Günther. »Was könnten wir hier Besonderes tun? Etwas schwören? Nein, den Halmtanz tanzen! Du weißt, Hans, als wir jung waren, liebte der Kandidat Halm die Mareile. Natürlich. Zu ihrem Geburtstage hatte er ein altes Tanzlied komponiert, sehr hübsch… und wir tanzten den Halmtanz danach. Also.«

Sie faßten sich an den Händen und drehten sich im Kreise, dazu sangen sie:

»Springen wir den Reihen,
Nun, Dame mein!
Freuen uns des Maien,
Der bei uns kehrt ein!
Der Winter, der der Heide
Brachte arge Not,
Ist ja nun vergangen,
Wonnig ist sie umfangen
Von Blumen rot,
Von Blumen rot.«

Rauschend flogen die Krähen auf, die in den Kronen der Eichen geschlafen, und die Nachtraben klatschten mit ihren Flügeln. »Sie klatschen Beifall«, meinte Günther.

Als man sich trennte und Hans nach Lantin zurückwanderte, nahm Günther seine beiden Damen unter den Arm und zog dem Schlosse zu. An jeder Seite eines dieser schönen Wesen, die Welt blau von Mondlicht – besser wünschte er es sich nicht. Unter den Klängen von Kandidat Halms Tanzliede marschierten sie über die hellbeschienene Landstraße:

»Springen wir den Reihen,
Nun, Dame mein!
Freuen uns des Maien …«

Siebentes Kapitel

Helle Spätherbsttage. Gelb lag der Sonnenschein auf den bunten Bäumen. Unten im Obstgarten wurde die Äpfelernte vorgenommen.

Günther war abwesend.

Beate hatte sich ihren Sessel in den Obstgarten stellen lassen, wo die Sonne noch schön wärmte. Sie war guter Hoffnung und schwerfällig geworden. So saß sie gern ruhig da und sann dem Wunderbaren nach, das in ihr vorging. Vor sich sah sie ihre Mutter bei den Mägden sitzen, welche die Äpfel in große Kisten packten, und Seneïde, die ihre langen, schwarzen Arme emporstreckte, um die Körbe in Empfang zu nehmen. Der Wind trug Obstdüfte zu Beate herüber. Wenn sie emporschaute, war der Himmel hellblau und voll segelnder Sommerfäden. Alles, was sie erlebt, schien ihr dann so ferne. Es war ihr, als sei sie noch das kleine Kaltiner Mädchen und wartete friedlich auf das Schöne, das im Leben für sie bereit lag. Doch dann faltete sie plötzlich die Hände, und in ihren Augen erwogte ein angstvolles Flackern. Das war die Todesfurcht, die sie jetzt zuweilen erfaßte. Seneïde kam und setzte sich zu ihr.

»Wie geht es, Beating? Du machst solche Augen?«

»Ich dachte – wenn – wenn ich das Kind nicht erlebe – wenn...«

»Was tut das«, sagte Seneïde heiter. »Eine Mutter, dort oben bei Gott, kann vielleicht mehr für ihr Kind sorgen als wir hier...«

Natürlich! Tante Seneïde ließ auf den Tod nichts kommen, das wußte man!

Jenseits des Zaunes begannen die Stoppelfelder schon rot zu werden in der Abendsonne. Die weidenden Gänse zogen schnatternd heim, und von den Wiesen wehte es feucht herüber. »Beating, geh hinein!« rief die Baronin.

Am Abend kam das Zusammensitzen im Wohnzimmer, die Gespräche über die Gravensteiner Äpfel, über Pastors und Ahlmeyers, über die Gänse und die Zeitungen, und alles bekam in diesen Gesprächen einen kleinen, friedlichen Nimbus. Die Meierin kam und berichtete vom Vieh: Kora hatte gerindert, Malo zum ersten Male gekalbt. Um zehn Uhr war die Abendandacht. Die Mandelkoch erschien mit ihrem strengen Pensionsvorsteheringesicht; Lisette, die Kammerjungfer, die Mägde. Sie brachten etwas von der feuchten Herbstluft in den schweren, wollenen Kleidern mit und standen schläfrig da, während Seneïde das Gebet vorlas mit ihrer singenden, erregten Stimme, wie ein schwärmerisches Wiegenlied für die arbeitsmüden Leute.

Als Beckmann die Lampen im linken Flügel anzündete und Beate still und bleich im Gartensaal saß und auf Günthers Rückkunft wartete, schien es ihr, als beginne jetzt wieder eine Arbeit, zu der sie sich ein wenig müde fühlte. Und dann war Günther da. Die helle, laute Stimme tönte durch das Haus. »Das ist hübsch! So 'ne Frau, die einen erwartet, das ist ja 'ne raffinierte Erfindung!« Draußen in Berlin hatte er sich neue Begeisterung für die »Heiligkeit« von Kaltin geholt, meinte er.

Eifrig machte er sich nun an das Familienleben. Er wußte genau, wie er sein wollte. »Hör, Beating«, sagte er beim Frühstück, »meine Leute sollen nicht im alten Flügel bei der Andacht schmarotzen. Ich werde selbst eine Andacht halten. Ja – ich werd' selbst eine schreiben, du sollst sehen.«

Am Vormittage ging er auf die lebhaftesten Arbeitsplätze, dort, wo es nach feuchtem Stroh, nach Teer und Fettstiefeln roch, wo er das Brummen der Maschine überschreien mußte und Augen, Nase und Haar voller Staub bekam. Das gab dann für den Abend eine angenehme Müdigkeit. Er streckte sich im Gartensaal in einem Sessel aus, sehr zufrieden mit sich selbst. »Erzähl', Beating«, sagte er zu seiner Frau, »wenn du erzählst, riecht es gut wie nach weißem Flieder von Pinaut, wie deine Sachen, du erzählst so reinlich.«

Beate mußte früh zur Ruhe gehen. Günther saß noch in seinem Zimmer auf. Er las ein landwirtschaftliches Buch und warf es bald fort. Dann begann er eine Liste landwirtschaftlicher Reformen zu entwerfen. Auch das wollte nicht recht gehen. Endlich begann er die Andacht für seine Leute zu schreiben, allein es fiel ihm nichts Erbauliches ein. An den Fenstern klagte der Wind; im Hause war es still. Wie einsam das war! Es war Günther plötzlich, als fühlte er in dieser Nachtstunde, wie kostbare Augenblicke seines Lebens leer und ereignislos verrannen. Nein! Das war nicht zu ertragen! Er mußte sprechen hören. Er rief Peter, der sollte ihm zuhören, ihn bewundern, ihn unterhalten.

Im Dezember fiel Schnee. Eines Morgens war das Land weiß. Die Gebäude, Zäune, das Ackergerät, alles hatte sich über Nacht mit weißen Puffen und Säumen geschmückt. Die Wohnräume erschienen größer und wie festlich im klaren, kalten Schneelichte. Das Leben im Schlosse war sehr still geworden. Es herrschte die Ruhe eines Krankenzimmers, denn Beate trug schwer an ihrer Schwangerschaft. Günther ging unruhig ab und zu. Seine Frau bleich und entstellt, wie zu einem grausamen Opfer ausersehen, vor sich zu haben, das quälte ihn. Rührung, Aufregung – gut! Das gehört zum Leben, aber dieses Mitleid, das an uns nagt, wie eine Krankheit, wozu das? Warum konnten solche Dinge nicht schön und heiter vor sich gehen.

Eines Abends saß die Familie, recht schweigsam, im Gartensaal beieinander. Günther machte Ringe aus dem Rauch seiner Zigarre und hing seinen unruhigen Gedanken nach. Da erschien Frau Ziepe mit frostroten Bäckchen. Das brachte ein wenig Leben in die schweigsame Stunde. Günther richtete sich angenehm auf. Frau Ziepe hatte einen Brief aus Bordighera von Mareile erhalten, und den wollte sie den Herrschaften mitteilen. Sie machte sich an das Vorlesen:

»›Ich lebe hier ganz still‹«, hieß es, »›auf diesem gesegneten Felsen und besinne mich auf mich selbst. Gerade, wenn wir ruhig dasitzen und in uns hineinhorchen, dann erleben wir die seltsamsten Dinge. Nicht wahr? Ich glaube, ich habe eine ganz neue Mareile entdeckt mit neuen Ansprüchen auf Glück und neuer Kraft für Glück. Daß Hans Berkow dazu nötig war, darüber wundere ich mich zuweilen; aber das ist nun mal nicht anders. Wie fern sind die armen Mädchenphantasien! Hier wird die Seele frei und heiß. Es ist mir, als dürfte ich ein lästiges Kleid abwerfen, weil ich verstehe, daß ich schöner bin als das Kleid. Das klingt wohl alles sehr fremd in Dein armes, liebes Wohnzimmer hinein, und Du lächelst über Deine wilde Tochter.‹« Frau Ziepe hielt inne, lächelte, dann fuhr sie fort: »›Wie dankbar bin ich der verehrten Baronin und den lieben Schloßbewohnern für alles, was sie an mir getan. Du weißt, wie ich diese von weißen, reinen Schleiern verhangene Welt geliebt habe. Aber die Welt ohne Schleier ist doch mächtiger. Hier bekennt alles sich zu seiner eigenen Schönheit. Das steckt an. Vor mir liegt das Meer, eine Fläche von blau und violetter Seide, schwer mit Gold beschlagen; aber Seide, die lebt, eine Seele hat, in ihrem Rauschen zu uns spricht. Das regt mich so stark auf, daß ich das Meer wie toll ansinge, es soll nicht allein schön sein. In solchen Zeiten schicke ich Hans fort, ich ertrage ihn kaum, ich muß mit der neuen Mareile allein sein.‹« – So ging es noch eine Weile fort, und Frau Ziepe las ausdrucksvoll, als trüge sie ein kostbares Stück Literatur vor. Jetzt war der Brief zu Ende. Frau Ziepe schaute glücklich und erwartungsvoll auf. Allein die Damen arbeiteten emsig fort, die Köpfe auf die Stickereien niedergebeugt, und eine Weile sprach niemand. »Na«, bemerkte die Baronin endlich, »sie ist gesund, das ist die Hauptsache.«

»Ja – ja – ich bin auch so dankbar!« murmelte Frau Ziepe. Sie war befangen und enttäuscht. Es war ihr, als stieße sie hier auf etwas Kaltes, Mareile Feindliches. »Ja, nun will ich wieder gehen«, sagte sie kleinlaut und schlich niedergeschlagen über den beschneiten Hof der Inspektorswohnung zu.

Günther schritt im Gartensaale auf und ab. Mareiles Brief erregte ihn; es wehte ihn daraus so wundersam heiß an. Wie in einer Vision sah er Mareile auf dem Felsen von Bordighera stehen und ein leuchtendes Meer ansingen, und zwar eine seltsam veränderte Mareile, wild, frei, triumphierend, die sich stolz und froh ihrer Schönheit und ihrer Sinnlichkeit bewußt wird. Daß er, Günther, das nicht besitzen konnte! Der verdammte Hans Berkow!

»Daß sie so schreiben kann«, sagte Beate. Seneïde zuckte die Achseln.

»Und die gute Ziepe liest uns das alles ganz andächtig vor«, meinte die Baronin.

»Und das mit dem Kleide, wie unangenehm das klingt«, bemerkte Seneïde, »daran ist dieser Herr Berkow schuld.« Die Damen sahen sich an und lachten.

»Mir«, fuhr Günther auf, »mir gefällt der Brief. Mareile ist ein schönes, starkes Geschöpf, und sie erfreut sich an sich selbst – und an der Welt – und an ihrer Freiheit.«

»Ich bitte Sie, welche Freiheit?« warf Seneïde ein.

»Nein, lieber Sohn«, sagte die Baronin. »So kann man nicht schreiben, das schickt sich nicht.«

Günther schwieg ärgerlich und setzte seine Wanderung durch das Gemach fort. Noch als alle sich zur Ruhe begeben hatten, schritt er sinnend auf und ab. Es war sehr still um ihn, nur die große englische Uhr des Eßsaales sprach zu der kleinen Bouleuhr des Gartensaales herüber. Das Parkett knackte unter Günthers unruhigen Füßen.

Warum hatte er nichts Starkes, Heißes? Die arme Beate schloß ihre geduldigen Opferaugen gerade vor allem, nach dem er sich jetzt sehnte. Die Luft hier war dünn und kühl. Er wollte Schwüle, wollte etwas, das berauscht. War es denn aus mit dem Erleben? Ungeduldig und feindlich dachte er an die Frauen hier, mit ihrem vornehmen Verhüllen aller schönen

Nacktheit, an die Frau, deren Leib nach jeder Umarmung rein und keusch zu bleiben schien. Konnte das ihn satt machen! – – Heute mußte er etwas tun, das ihn daran erinnerte, daß er noch jung war. In das Schlafzimmer mit der schläfrigen Ampel konnte er heute nicht hinein. Er trat an das Fenster und zog den Vorhang zurück. Der Vollmond stand am Himmel. Der Schnee flimmerte bläulich. Wie festlich und weit das aussah! Und da sollte er, Günther, drinnen bleiben, bei den gelben Lampen, und zuhören, wie die gefräßigen Uhren ihm die ungenutzten Lebensaugenblicke forttickten? In solchen Nächten hatte er als Knabe seine ersten Liebesabenteuer unter Peters und Jagdabenteuer unter Mankows Leitung erlebt. Ja! Das war's! Wilddiebsjagd bei Mondschein – wie damals! »Peter – Peter«, rief Günther erregt, »Hasenjagd im Mondschein, wie früher in Lantin. Wir fahren zu Mankow und seiner roten Eva. Spann' den Braunen an.«

Als Günther mit Peter im Schlitten saß und in die Mondnacht, wie in eine blaue Glaswelt, hinausfuhr, da packte ihn die Jugendlust so stark, daß er Peter an den Pelzkragen faßte und rüttelte: »Daß du dich nicht unterstehst, alt und schläfrig zu sein.«

»Ich – schon nich' – Herr Graf«, meinte Peter.

Im Trabe ging es durch das schlafende Dorf. Hunde schlugen an, aber klagend, nicht böse, als hätte das Mondlicht auch sie gefühlvoll gemacht.

Der Schlitten bog jetzt in einen alten Kiefernbestand ein, eine weiße, stille Säulenhalle.

»Sehr gut«, schmunzelte Peter.

»Ach – schweig'!« herrschte ihn Günther an.

»Warum denn, Herr Graf?«

»Weil das nicht dazu da ist, damit *du* es bewunderst.«

»Aha – ich versteh', das is nur für Grafen.«

»Ja.«

Sie näherten sich dem Waldkruge, indem sie an einer Wand kleiner Tannen hinfuhren, die wie mit großen Händen in kalten, weißen Handschuhen die Gesichter der Fahrenden streiften.

»Der Mankow wird sich wundern«, bemerkte Günther.

»Nee, der wundert sich lange schon nich' mehr«, erwiderte Peter.

»Wenn er nur zu Hause ist!«

»Na, dann is die Eve zu Hause.«

»Du denkst auch nur an die Weiber.«

»Na ja, die gehören doch dazu.«

In der qualmigen Krugstube saß der alte Mankow an einem Tische bei einer trüben Unschlittkerze. Eine Brille auf der Nase, ein rotes Tuch vor Mund und Nase gebunden, drehte er Giftpillen für die Füchse. »Guten Abend, Alter!« rief Günther. Der Alte erhob sich, stand unbeweglich da, den Kopf vorgestreckt, wie ein sicherndes Wild. Er hatte seinen Herrn erkannt und wollte nichts tun und sagen, was ein Fehler sein könnte. »Na, Peter, mach's dem Alten klar, was wir wollen. Du siehst ja, wie sein Gewissen ihn beißt«, befahl Günther. Peter und Mankow gingen hinaus. Günther wärmte sich an dem großen, qualmenden Feuer. So war's gut! Hier wehte wenigstens die angenehme Luft versteckter Abenteuer, wenn man's nicht wie Hans Berkow haben konnte. In der niedrigen Tür der Nebenkammer stand plötzlich Eve Mankow und sah Günther unverwandt an. In ihrem kurzen, roten Rock, das rotblonde Haar wirr über dem heißen Gesicht, die nackten Arme, Schultern, Beine vom Ofenlicht beschienen, war sie eine bunte, leuchtende Gestalt in dem rußgeschwärzten Türrahmen.

»Warum schläfst du nicht?« fragte Günther.

»Ich mag nicht.«

»Na, dann komm.«

Eve kam, vorsichtig, mißtrauisch, wie die Menschen des Waldes es den Tieren nachtun.

»Willst du mit auf die Jagd? Du kannst ja schießen.«

»Ja, Herr.«

»Hast du auf mich gewartet?«

»Ich dachte, Sie werden mal kommen.«

»Wer sagte dir das denn?«

»Die Karten.«

Günther trat an Eve heran, nahm ihren Kopf in beide Hände, bog ihn zurück und küßte den breiten, roten, sehr heißen Mund. »So!« sagte er, »nun gehen wir zu den Hasen.« Eve war blaß geworden. Sie saß einen Augenblick still da, die grellen rotbraunen Augen wurden klar und groß; sie seufzte so tief, daß die rauhen Spitzen der Brüste fast das Hemd durchstechen wollten. Dann erhob sie sich und ging in ihre Kammer hinüber.

Die Jäger stellten sich am Waldrande auf, während die wenigen Treiber leise pfeifend über die beschneiten Wintersaaten gingen und die dort zur Nachtäsung versammelten Hasen dem Walde zutrieben. Eve stand neben Günther. Vor ihnen die dämmerige Fläche, auf der es wie weißer Nebel lag. Die Flintenhähne knackten; dann Stille. Nur ein dumpfes Geräusch schlug an Günthers Ohr, wie Schritte in weichem Schnee. Das war der erregte Schlag seines eigenen Herzens. Jetzt huschten hier und dort rege Schatten über den Schnee, wunderliche, graue Gespenster mit langen Ohren, im unsicheren Lichte groß und wesenlos. Günther schoß, neben ihm schoß Eve. Nun blitzte es am ganzen Waldrande auf. »Der hat's gekriegt«, sagte eine vor Erregung heisere Stimme. Es war Eve. Auf ihren Flintenlauf gestützt, lachte sie unter der alten Fuchsfellmütze ihres Vaters Günther an, daß ihre Zähne im Mondlichte blitzten.

»Jetzt komm«, sagte Günther, und die anderen hinter sich lassend, gingen sie dem Waldkruge zu.

Günther liebte es jetzt, in der Dämmerstunde in seinem Zimmer zu sitzen, Rotwein zu trinken und sich von Peter von dem Waldkruge vorsprechen zu lassen.

»Ja, ja, die Eve«, meinte Peter, »die is ein klarer Apfel.«

»Unsinn«, sagte Günther, »hör' zu! Ich will dir was von meinen Vorfahren erzählen.«

»Bitte, Herr Graf, von Vorfahren hör' ich sehr gern.«

»Na also!« begann Günther nachdenklich. »Vor einigen hundert Jahren war's. Ein Graf Günther von Tarniff verließ sein deutsches verschneites Schloß und seine schöne, weiße Gräfin und zog in das Gelobte Land. Nach drei Jahren kehrte er heim. Seine blonde Gräfin hatte treu auf ihn gewartet. Im Morgenlande aber hatte er in einem weißen Hause auf einem roten Felsen eine braune, schwarzäugige Gräfin zurückgelassen.«

»Aha! Ich versteh'«, warf Peter ein.

»Gut! Der Graf blieb drei Jahre bei seiner blonden Gräfin, da begann ihn die Sehnsucht nach den braunen Armen der Morgenländerin zu quälen, und er wollte sich auf die Reise machen. Nun gab's schon damals Diener, die mehr sprachen, als sie sollten. So 'n Kerl hatte der Gräfin mitgeteilt, was ihren Gemahl von ihr trieb. Die schöne Frau weinte zwar, aber sie sagte zu ihrem Grafen: ›Ich halte dich nicht. Geh deiner Sehnsucht nach. Gott gab dir ein zwiespältiges Herz; möge dieses Herz dich auch wieder zu mir zurückführen.‹«

»Bravo!« rief Peter.

»Daß an dem Bravo des Peter Ruskowski der Gräfin etwas gelegen gewesen wäre«, fuhr Günther fort, »glaube ich kaum. Also, der Graf pilgerte in das Gelobte Land, wohnte in dem weißen Hause auf dem roten Felsen und trank sich toll und voll an der wilden Liebe seiner braunen Gräfin. Als nun die Zeit gekommen war, da ihn wieder nach Tannen, Schnee und der bleichen, blonden Frau verlangte, da tobte und schrie die braune Gräfin. ›Ich weiß, warum du mich verstößt. Du hast ein Weib jenseits des Meeres, und das gilt dir mehr als ich.‹ Der Graf tröstete sie. Er erzählte ihr von seinem zwiespältigen Herzen, und daß auch ihre Zeit wieder kommen würde. Die Frau wurde ruhig, und der Graf schlief an ihrer braunen, heißen Brust ein. Da ergriff sie den Dolch, stieß ihn dem Grafen in das Herz und schrie: ›Ich will mir meine Herzenshälfte nehmen!‹«

Peter nickte nachdenklich: »Ja, Vorfahren, die haben immer solche Geschichten.«

»Maul halten!« schloß Günther die Unterhaltung.

Von nun an wartete der Braune mit dem Schlitten öfters bei Nacht hinter der verschneiten Spirrahecke. Dann jagte Günther in die Winternacht hinaus. Das erschien ihm wie ein angenehmer Protest gegen die ruhige Ordnung des Lebens um ihn her. Auf halbem Wege zum Kruge mußte Eve ihn erwarten. Im kurzen Schafspelz, die Fuchsfellmütze über die Ohren gezogen, trat sie aus dem weißen Dickicht hervor. Das Gesicht, das Haar, die Wimpern voll kalter Tropfen; und sie lachte, daß im Sternschein ihre Zähne blitzten.

Das kleine Hinterzimmer des Waldkruges duftete nach den Tannennadeln, die über den Boden gestreut worden waren. Im Ofen verglomm ein Feuer. Günther setzte sich auf das niedrige Bett und wärmte seine Hände am Feuer. Eve ging ab und zu; tauchte unter in die schwarzen Schatten der Ecken; trat wieder in den Feuerschein, bunt und leuchtend in ihrem roten Rock, ihrem roten Haar, das Fleisch blank und warm.

»Sitz'!« befahl Günther. »Kehr' das Gesicht zum Feuer hin. Laß die Zöpfe über die Schultern hängen. So!«

Eve gehorchte. Sie saß schweigend da, die Hände flach auf die Knie gelegt; die runden Augen, unverwandt auf Günther geheftet, verschleierten sich feucht vor Erregung.

»So.« Günther war zufrieden. Das große halbnackte Mädchen, mit seiner unbekümmerten Sinnlichkeit, atmete eine ruhige, zuversichtliche Kraft, von der etwas auch auf ihn überzugehen schien. Er glaubte den nervösen, unbefriedigten Günther für einige Augenblicke los zu sein.

Durch die halbangelehnte Tür sah er in der Schankstube pelzvermummte Gestalten mit Peitschen in den Händen am Tische sitzen. Sie flüsterten und tranken Schnaps. Auf der Ofenbank schlief der Hausierer Abbe.

»Wie war's, als du mit dem Pankow gingst?« fragte Günther. Eve schwieg. »Sprich!« befahl Günther.

»Der Hund«, sagte Eve heiser.

»Na ja, er sagt doch – daß er dich gehabt hat – nicht?«

Eve stand auf, ging in die dunkle Ecke des Zimmers. Günther hörte sie dort weinen.

So war's jedesmal. Das Starke in diesem wilden Mädchen zog Günther an, aber kaum fühlte er es in seiner Gewalt, dann trieb es ihn, es zu beugen. Er mußte Eve weinen und gehorchen sehen.

»Hierher!« rief Günther. Eve schwieg. »Hierher – hierher«, wiederholte Günther, als riefe er einen Hund. Eve kam langsam näher, das Gesicht warm und rosig vom Weinen. Die Augen richtete sie brennend, wie hungrig, auf Günther. »Totschießen werd' ich den Pankow. Fuchspillen soll er kriegen«, murmelte sie atemlos; dann sank sie schwer auf Günther nieder. Das Feuer verglomm. Durch das kleine Fenster schienen blanke Wintersterne, der Wald rauschte laut.

»Steh' auf – geh –«, herrschte Günther dann plötzlich Eve an. Er stieß sie von sich, er wollte nicht mehr bleiben, er hatte es eilig, wieder in dem stillen Schlafgemach zu sein, in dem es nach weißem Flieder duftete und wo die matte Ampel über einer schlafenden, weißen Frau wachte.

Achtes Kapitel

In der Herrschaftsküche mit den blau und weißen Kachelwänden wurde die Weihnachtspastete gebacken. Herr Miespeck, der Küchenchef, litt am Magen und war sehr nervös. Wenn er es mit Trine, der Küchenmagd, gar nicht aushalten konnte, ging er in einen kleinen Nebenraum und spielte die Flöte. In der allgemeinen Küche war es lauter. Frau Mandelkoch befahl hier. Beständig kamen Leute, die hier nichts zu tun hatten, um zu sehen, zu riechen, sich zu wärmen und die Mägde zu kneifen. Amelie, die Zofe, stand vor dem Feuer und starrte vor sich hin. Die anderen störten sie nicht, man sah sie zuweilen an und flüsterte.

Beckmann erschien in seiner schwarzgoldenen Livree, mit seinen dicken Waden und dem weißen Engländergesicht. Unnahbar durchschritt er den Raum und verschwand in der Herrschaftsküche. Amelie schaute auf, folgte ihm mit Augen, die blank vor Bewunderung wurden. Dann seufzte sie, strich ihre kleine Schürze glatt und ging hinaus. Als Beckmann den finsteren Gang hinuntereilte, der zur Außentür führte, faßte jemand ihn am Rockaufschlag und zog ihn auf die Schwelle. »Auf dich wart' ich«, sagte Amelie. Beckmanns starres Gesicht verzerrte sich. »Na – was denn? Hier doch nich.«

»Jawoll«, meinte Amelie. »Ich muß dich sprechen.«

Beckmann blieb stehen, steckte das Kinn tief in den hohen Hemdkragen, und seine Waden in den weißen Strümpfen zitterten vor Kälte. »Na – los«, brummte er. Amelie lehnte sich an ihn, strich mit ihren kleinen roten Händen über seinen Rockärmel. »Ich muß doch wissen, was nu sein wird.«

»Immer die alte Jacke«, schnarrte Beckmann, »das Vergnügen wollt ihr, und später sind wir schuld.«

»Wer sagt denn von Schuld, Beckmann«, flehte Amelie. »Ich frag' nur, was is nu? Die anderen sprechen schon. Ich geh' zur Frau Gräfin.«

Die weiße Lakaiennase hob sich streng zu den Sternen auf.

»Von mir kein Wort«, befahl er.

»Aber Beckmann, ich muß doch sagen, wer der Vater zu dem Kind is.« Amelie weinte nur leise.

»Kein Wort«, wiederholte Beckmann.

Jetzt schüttelte das Weinen den ganzen, runden Mädchenkörper.

»Hör'«, sagte Beckmann mit seiner diskreten, leblosen Dienerstimme, »das Flennen hilft so nichts. Wenn du von mir nichts sagst – hm – verstehst du? Wenn du mir nicht den Dienst verdirbst, nachher geb' ich das Geld, damit du im Dorfe deine Sache abmachst. Das wird hübsch kosten.« Amelie drängte sich noch an ihn heran, sie lächelte, nahm seine Hand und stützte ihre tränenfeuchte Wange darauf. »Und später – Beckmann – sag' – später?« hauchte sie.

»Von später weiß ich nichts«, meinte Beckmann kühl. »Jetzt muß ich gehen.« Er wandte sich ab, als bemerkte er es nicht, wie das Mädchen sich auf die Fußspitzen stellte, um mit dem Gesicht an seine schmalen, bleichen Lippen zu reichen.

Als Beckmann fort war, wischte Amelie sich mit der Schürze die Augen und starrte trübselig auf den Hof hinaus, der in der bleichen Schneedämmerung sehr still zwischen den hohen, weißen Häusern lag. Ein grellgoldener Schein fiel auf den Schnee. Drüben bei Inspektors wurde der Weihnachtsbaum angesteckt. Amelie wandte sich ab. Das Herz war ihr voll Zorn gegen die Herrschaft, die sie fürchten mußte, und so voll von Liebe zu Beckmann, daß sie wieder weinte.

Am ersten Weihnachtstage saß Beate in ihrem Ankleidezimmer und wartete auf Amelie. Der letzte Abendschein war schon hinter den Parkbäumen verglommen. Beate war in einen leichten Halbschlummer verfallen. Als jemand in das Zimmer trat, fragte sie: »Sind Sie es, Amelie? Dann stecken Sie die Lampe an.« Da es still und finster blieb, sagte Beate: »Machen Sie doch Licht. Ich muß mich ankleiden.«

Jetzt rauschte etwas neben ihr auf den Teppich nieder, ein nasses Gesicht legte sich auf ihre Hände. »Sind Sie's, Amelie?« fragte Beate. »Warum weinen Sie? Haben Sie etwas getan?«

»Schlecht – schlecht hab' ich getan!« schluchzte das Mädchen. »Und die Schande jetzt. Was soll ich tun? Frau Gräfin werden Erbarmen haben – verzeihen – ach! ach!«

Während Amelie sprach, fühlte sie, wie Beate allmählich vor ihr zurückwich, die Hand, das Knie, das Amelie umschlungen hielt, fortzog. »Stehen Sie auf«, sagte Beate leise, aber das geschulte Zofenohr hörte aus diesen Worten doch Strenge und Widerwillen heraus. »Wie konnten Sie das tun – Sie wissen doch...«

Amelie schluchzte unter ihrer Schürze, die sie über den Kopf geschlagen hatte: »Ja – ja – ich weiß. Sünde is – aber es kommt man so –«

Beate schwieg. Sie empfand Mitleid mit dem weinenden Mädchen. Mein Gott! Die Welt ist so voll Sünde und Elend; aber sie empfand auch Groll gegen Amelie. Was hatte sie ihre unreinliche Liebesgeschichte hier zu ihr, Beate, hereinzutragen! »Stecken Sie das Licht an!« befahl Beate. Als die Lampe brannte und Beate vor dem Spiegel saß, machte Amelie sich daran, ihre Herrin zu frisieren. Sobald Beate jedoch die Hände des Mädchens in ihren Haaren spürte, bog sie den Kopf zur Seite, wie von Ekel erfaßt.

»Lassen Sie«, sagte sie hastig. »Ich mach' das selbst. Gehen Sie hinaus, gehen Sie.«

Amelie schlug wieder die Schürze über den Kopf und verließ laut jammernd das Zimmer.

Um die Zeit des Sonnenuntergangs saß Beate im Ahnensaal und ruhte. Günther war abwesend. Seneïde, die Arme über der Brust verschränkt, ging im Saale auf und ab, dunkel und schmal in dem roten Lichte.

Peter brachte einen Brief. »Aus dem Dorf, von der Amelie«, sagte er.

»Oh – von der!« meinte Seneïde und zog die Augenbrauen empor. Beate sah den Brief mit Widerwillen an, wie wir ein unangenehmes Insekt anschauen, und schloß dann wieder die Augen.

Später im Wohnzimmer wurde die Lampe angesteckt. Die drei Frauen saßen um den runden Tisch. Die schweren, dunkeln Vorhänge wurden vor die Fenster gezogen, die alten dunkeln Türen geschlossen. Wieder einmal schien die Außenwelt mit ihrer Unreinlichkeit und Feindseligkeit ausgesperrt zu sein. Die Meierin kam und sprach von einer kranken Kuh. Beate öffnete widerwillig den Brief und las:

»Gnädige Frau Gräfin, Ziepe sagt, ich darf im Dorfe nicht bleiben. Er sagt, er muß mich 'rausschmeißen. Ich hab' nur getan, was andere Mädchen hier auch tun. Wer is denn so heilig? Wohin soll ich denn gehen? Wie 'n räudiges Vieh soll ich hier 'raus, sagt Ziepe, der so aufgeblasen ist, daß er bersten wird. Gott geb' es! Ich muß 'raus, und die Eve Mankow darf bleiben und warten, daß der Herr Graf bei Nacht zu ihr 'rausfährt. Und dann prahlt das freche Mensch noch damit. Das ist Sünde. Ich fahre zu meiner Tante nach Stolpe, die wird christlicher sein als die Herrschaft. Adjö. Amelie Miller.«

Beate schaute auf. Die Meierin erzählte noch von der kranken Kuh. Das Zimmer lag im Lampenschein friedlich und wohl verwahrt da... und doch etwas Fremdes, Entsetzliches war hereingekommen, war da. Beate fröstelte. Hastig mit zwei Fingern faßte sie den Brief und warf ihn in den Kamin. Wie das Papier aufflammte, wie es sich krümmte und wand! Jetzt war nur ein wenig schwarzer Staub übrig, der eilig in den Schlot hinauffuhr. Bleich lehnte sich Beate in den Sessel zurück. So – war's vernichtet – das – dem sie mit ihren Gedanken zu nahen – nicht wagte.

Erst als sie schlaflos im Bette lag, konnte sie dem Entsetzlichen nicht entrinnen. Sie sah beständig Eve Mankow vor sich, das große, hochbusige Mädchen, mit den grellen Augen. Ekel schüttelte sie; Ekel vor ihrem eigenen Körper, der wie Eve nach Günther verlangte, der Günther dasselbe bot wie Eve. – Beate fuhr auf, als müßte sie etwas abwehren, sich von einer quälenden Gemeinschaft befreien. »Es ist nicht wahr!« flüsterte sie in das Dunkel hinein. Das beruhigte, das leuchtete ein. So etwas kann ja nicht wahr sein! Wie konnten die Even und Amelies an ihre, Beates, Ehe rühren! Nein, so etwas durfte, konnte nicht in ihr Leben hinein; das war ihr fester Wille. So etwas durfte nicht wahr sein. Und um ihre Seele ganz zu befreien, badete sie dieselbe in der Ekstase eines langen Gebetes.

Nach einer langwierigen, qualvollen Entbindung war dann endlich der Tarniffsche Erbe da. Günther küßte seine blasse Frau triumphierend auf die blasse Stirn. »Danke – Schatz. Er hat dir Mühe gemacht – was? Ja – so sind wir Tarniffs; wir machen Mühe.«

Beate langte nach Günthers Hand. »Ja – aber ihr seid gut – ihr Tarniffs – nicht?« sagte sie.

Günther lachte. »Gut. Natürlich sind wir gut, und ob!«

»Ein schönes, schweres Kind«, bemerkte die Hebamme.

»Ja, was haben Sie denn erwartet?« schloß Günther die Unterhaltung.

Neuntes Kapitel

Es war Mai geworden. Frau Ziepe saß müßig und gedankenvoll in ihrem Wohnzimmer. Vater Ziepe kam zum Zehnuhrfrühstück heim. »Na, Imbiß her!« rief er sehr laut. Frau Ziepe holte Schnaps und Wurst, aber so vornehm und ergeben, daß ihr Mann sie fragte: »Was is wieder los?«

»Mareile hat geschrieben«, antwortete sie und machte ihr unzufriedenes Gouvernantengesicht.

»So, unsere Malerin«, Ziepe lachte breit. »Stimmt's da nich? Oder kommt's Kind?«

Dieses Lachen, der Stallgeruch, alles verletzte Frau Ziepe heute an ihrem Manne, und sie wurde um so vornehmer.

»Mein Gott! Ich versteh's selbst nicht recht. Es sind Nuancen. Aber mir ist so bang.«

»Nuancen – Unsinn, Mama!« fuhr Ziepe auf. »Zanken sie sich, oder läuft er zu Frauenzimmern, oder was ist?«

Frau Ziepe weinte jetzt. »Sie schreibt von dem großen Mißverständnis ihrer Ehe und von Recht auf Freiheit – und Enttäuschung – ich weiß nicht – aber gut ist das nicht.«

»Quatsch«, donnerte Ziepe. »Schreib' ihr, ich hab' dich auch enttäuscht, das is man so... und wenn eine 'nen Mann hat, soll sie ihn halten, Männer sind heutzutage rar. Das sag' ich, Vater Ziepe, und basta.« Er goß einen Gilka herunter und ging zu seiner Mistfuhre hinaus. –

Auch im Schloß erregte Mareiles seltsame Ehegeschichte alle. Die Gräfin Blankenhagen, in einem Reitkleide in der Art des Großen Kurfürsten und in Begleitung ihrer Tochter Ida und deren Gemahls Egon Sterneck, kam eigens von Steindorf herüber, um zu sehen, was für Gesichter die Kaltiner zu Mareiles Ehegeschichte machen würden.

Tatsache war, daß Mareile ganz plötzlich ihre Ehe gelöst hatte und zu der Fürstin Elise gezogen war. Hans Berkow war im Unrecht, das stand fest. Was er getan hatte, wußte man nicht, aber für die Gesellschaft war er ein toter Mann. Um Mareile zu heben, mußte Hans Berkow sehr tief hinabgedrückt werden. Die five o'clocks der Fürstin Elise waren sehr besucht. Eine jede wollte Mareile schön und unumwunden über ihre Ehe sprechen hören. All diese Frauen, die ihre Ehen vor der Öffentlichkeit mit weißen Schleiern zu verhängen liebten, sie konnten sich an Mareiles Evangelium von der Pflicht der Empörung gegen den Mann, der die Frau nicht zur Liebe zu zwingen versteht, nicht satt hören. »Man muß diese entzückende Frau selbst sprechen hören«, berichtete Ida Sterneck. »Sie sagt – wie sagt sie doch? Sie sagte: ›Wenn der Mann die Frau nur so als die Schönheitslinie zu seinem Gebrauche ansieht – dann – dann entwürdigt sich die Frau.‹«

»Das sind so Redensarten unserer guten Fürstin«, meinte die Baronin.

»Nein aber«, drängte die Gräfin Blankenhagen, »es müssen doch Geschichten passiert sein. Wenn eine Ehe auseinandergeht, müssen doch Geschichten da sein, nicht wahr?«

Da begann Günther zu sprechen, spöttisch und erregt: »Geschichten, meine gnädige Frau Gräfin, werden Sie noch genug darüber zu hören kriegen. Daß Mareile aber keine Geschichten nötig hat, um zu handeln, das ist das Große an dieser Frau. Ja, bitte, wenn Sie in einem Brief einen Satz angefangen haben, und Sie merken, der geht so nicht weiter, der gibt keinen Sinn, dann streichen Sie ihn durch, nicht? Na also! Grad so macht's Mareile. Der Anfang mit Hans Berkow gibt ihr keinen rechten Sinn. Gut, sie macht ihren Strich darüber, so 'nen dicken, schwarzen Strich, wissen Sie, mitten durch den armen Hans durch ... und sie wird einen besseren Satz anfangen.«

»Ach, sprecht nicht so von meinem armen Kinde!« klagte Seneïde, und ihre fanatischen Augen wurden feucht.

»Ja, eigene Sache«, schnarrte Egon Sterneck. »Das mit dem Strich, ganz hübsch. Nur wenn das Mode wird, ich meine bei unseren Frauen –«

»Unseren Frauen!« wiederholte Günther verwundert, »wer spricht denn von unseren Frauen? Ich spreche doch von den Mareilen.«

»Hm – ja so!«

Wie einst vor einem Jahre stieg Mareile an der kleinen Kaltiner Station aus dem Zuge. »Wieder kein Wagen, ich bin untröstlich, Signora, gnädige Frau«, sagte der Stationsvorsteher Ahlmeyer, »und bei Ihrer Abneigung gegen meinen Fuchs, na ja, spatlahm, freilich...«

So wanderte Mareile denn wieder über die Heide. Die Sonne ging hinter den Hügeln unter. Ein angenehmer Wind, voll von dem Dufte der Wacholderbüsche, wehte. Mareiles Gesicht war schmaler geworden. In die hellen, blühenden Farben hatte sich etwas wie ein bleiches Leuchten gemischt. Die Augen, die »durstig machenden Augen«, wie Hans Berkow sagte, schienen größer und reicher an Licht. Das Leben hatte auf dieser Schönheit die Spuren einer erregenden Erkenntnis zurückgelassen. Ja, heute war sie eine andere als damals, heute lächelte sie still vor sich hin, als genieße sie die süße Reife der eigenen Seele.

Der arme Hans! Er hatte sie in seiner Art geliebt, wie solch' eine morsche, abgetakelte Seele lieben kann. Sie konnte ihn nicht brauchen. Aber er hatte sie sehr stark begehrt und hatte sie ihre Sinne verstehen gelehrt, und erst, wenn ein Weib seine eigene Sinnlichkeit versteht, versteht es sich selbst. »Weißt du«, hatte Mareile zu Hans in Bordighera gesagt, in jenen wunderlich traumhaften Tagen des Eheanfangs, in denen Geist und Körper fiebern. »Weißt du, warum wir Mädchen, die auf den Schlössern aufwachsen, so dumm über die Liebe denken? Weil dort bei dem Gerede über die Liebe immer der Körper unterschlagen wird.«

»Das will ich meinen!« hatte Hans geantwortet. »Glaubst du, Diotima hätte so fein über die Liebe gesprochen, wenn sie von Tante Seneïde erzogen wäre?«

Eine glasige, graue Dämmerung sank auf das Land nieder. In der Kirche wurde der Sonntag eingeläutet. Unten auf der Dorfstraße tobten die Kinder vor dem Schlafengehen. Blonde Köpfe und nackte Beine legten helle Flecke in die Dämmerung. Nebel erhoben sich auf den Wiesen, spannen das Land in kühle Schleierstreifen ein. Im Felde begann eine Wachtel zu schnarchen, eintönig und unermüdlich, als spräche sie im Traum von unendlichen Kornfeldern. Das ergriff Mareile. So war's gut; hier wollte sie ruhen, bis das Erlebnis kam, das ihrer würdig wäre.

Über dem Schlosse stand der Mond. Aus den Fenstern drangen Stimmen und Klaviertöne, der hübsche Lärm jenes Lebens, das Mareile einst so schmerzhaft geliebt hatte.

Die Fenster des Inspektorhauses waren dunkel. Leise öffnete Mareile die Stubentür. Das Wohnzimmer war leer. Aus dem Schlafzimmer der Kinder aber klang Frau Ziepens Stimme. Sie sang ein Wiegenlied, müde und eintönig. Behutsam ging Mareile vor. Da saß die Mutter zwischen den Betten der Zwillinge. Etwas Mondlicht fiel in die matten Augen und auf die spitzen Züge des Gesichtes. Ihr zu Füßen kauerte die fünfzehnjährige Lene im Hemde. Den Kopf auf die Knie der Mutter gestützt, schlief sie.

»Hündchen hat den Mann gebissen,
Hat des Bettlers Rock zerrissen –«

nahm die geduldige, freudlose Stimme wieder auf. Mareile näherte sich leise und sank dann neben ihrer Mutter nieder.

»Mareiling«, sagte Frau Ziepe tonlos; sie lehnte ihr heißes, eingefallenes Gesicht an Mareiles kühle Wange und weinte.

Auch Lene erwachte. Sie verstand nicht, was vorging, warum es wie Seide rauschte, warum es süß nach Orchideen duftete, warum Goldsachen im Mondschein flimmerten, bis auch sie die Arme ausbreitete und mit dem Seufzer schlaftrunkener Kinder »Mareiling« flüsterte.

Die Baronin streichelte sanft Mareiles schönes Gesicht und sagte freundlich: »Ja, Kind, bleib bei uns. Du gehörst zu uns.« Von dem großen Eheevangelium war hier nicht die Rede, und Mareile tat es wohl zu schweigen. Sie wußte, hier war es Sitte, seine Not und seine Wunden rücksichtsvoll zu verdecken, um die Harmonie nicht zu stören. Der Mittsommer war eine stille Zeit. Die Jalousien an der Sonnenseite des Schlosses wurden niedergelassen. Die Zimmer lagen im Dämmerlichte wie im Schlafe, unter dem leisen Brummen der Sommerfliegen und in dem Dufte der in den Vasen welkenden Blumen. Alte Tanten aus fernen Fräuleinstiften zogen in das Schloß ein; Tante Riecke, Tante Lolo, lange Losnitzer Feldherrennasen unter den schwarzen Spitzen des Altjungfernhäubchens. Sie füllten die Räume mit ihren verschollenen Parfüms Verthiver und Esbouquet und die Abende mit ihren verschollenen Geschichten.

Das Inspektorhaus war unerträglich, voller Sonne, Fliegen, Suppengeruch. Mareile wanderte daher schon am Morgen, unter dem roten Sonnenschirm, über den Hof in das Schloß. Dort saß sie gern allein und müßig in der Bibliothek und sann, sann dem nach, was kommen mußte. Sie fühlte sich reich und müde, wie nach einer Ernte. Oh, sie hatte keine Eile! Die Erlebnisse des Lebens konnten noch ein wenig warten; jetzt wollte sie ruhen und ihre Schönheit fühlen, wie ein Rosenstock mit all seinen Knospen unbeweglich dasteht in der Mittagsonne, froh der Gewißheit des Blühens.

Günther, nervös und unruhig durch die Zimmer wandernd, blieb in der Tür des Bibliothekzimmers stehen. »Sie sitzen hier so eigentümlich«, sagte er zu Mareile. »So – so – als ob Sie bei etwas Angenehmem wachhielten, das eben eingeschlafen ist.«

»Das ist hübsch, was Sie da sagen«, meinte Mareile.

Günther schwieg und sah sie an. »Sie haben sich verändert. Die frühere Mareile – wenn ich so denke...«

»War die nicht gut?«

»Doch, doch! Aber solche Fräulein, die leben vor verschlossenen Türen... jedenfalls ergreifen Sie mich jetzt mehr.«

»Das ist doch gut?«

»Freilich, freilich! Aber jetzt geh' ich mich unter die kalte Dusche stellen«, schloß Günther. »Reiten Sie nicht mehr?« fragte er im Fortgehen.

»Jetzt nicht«, erwiderte Mareile.

»Singen Sie nicht?«

»Jetzt nicht.«

»Ach so, ich verstehe. Sie wollen noch innere Komiteesitzung abhalten. Gut – gut!«

Am Abend saß Mareile im Gartensaal ein wenig abseits von den anderen an der geöffneten Glastür. Die Julinacht war schwarz und voll von dem süßen Dufte der Sommerblumen. Unter der Lampe las Seneïde der Gesellschaft die Kreuzzeitung vor.

Hübsch, hübsch, dachte Mareile, aber als könnte nichts anderes, Besseres mehr kommen, so beruhigt. Sie erinnerte sich, wie sie schon als Kind zuweilen ein unwiderstehliches Sichempören gegen dieses abgeklärte, hübsche Herrschaftsleben empfunden hatte, das sie doch so liebte. Aber in solchen Stunden mußte sie nein sagen zu allen heiligen Regeln. Statt zur französischen Stunde zu kommen, war sie einmal in den Wald gelaufen, hatte im See gebadet. Unerhörte Dinge. Aber der verzweifelte Wagemut brannte so köstlich im Blute. Später kam dann die Stunde der Reue in Tante Seneïdes Zimmer, wo die Blätterschatten lautlos über den Fußboden flirrten. »Wollen wir beten«, sagte Tante Seneïde. Mareile und Seneïde knieten nieder, mitten unter die Blätterschatten. Seneïde betete mit ihrer klagenden, heißen Stimme. Dieses Gebet erfüllte das Kind mit wunderlicher Erregung, Andacht war es und Märchenschauer; leises Flügelrauschen glaubte es hinter sich zu vernehmen.

So siegte damals stets das Kaltiner Leben über die Empörung der kleinen Mareile. Das war vorüber! Jetzt gehörte sie nicht mehr zu diesen guten Menschen, die ihr Lebenskapital in der Bank jenseits des Grabes anlegten.

Aber da war noch einer, dessen unruhiger Schritt zu sagen schien, daß Mareile einen Gefährten ihrer Lebensungeduld hatte. Günther ging unablässig auf und ab. Zuweilen blieb er an der Gartentür stehen und horchte hinaus, als sollte durch die Nacht etwas zu ihm kommen. Der wartet auch noch, dachte Mareile. – – –

Es war zwei Uhr nachmittags, die schläfrigste Zeit des Tages im Schlosse. Die alten Damen im Wohnzimmer nickten über ihren Strickereien ein. Beate saß an der Wiege ihres Kindes und summte leise vor sich hin. Da schlug ein Ton in diese Stille, laut und süß. Mareile sang im Musiksaal. Wie ein seltsam schönes, fremdes Ereignis zogen die Töne durch die verschlafenen Räume.

Tante Lolo schreckte aus dem Schlaf auf. »Mein Gott! Was gibt's?«

»Die Mareile singt«, sagte Tante Riecke und verzog das faltige Gesicht, als hätte sie einen Tropfen zu starken, süßen Weins getrunken.

»Ah, unsere Nachtigall singt wieder«, meinte die Baronin freundlich.

»Du, Peter«, sagte Günther, »öffne die Tür und verschwinde, deine Gestalt stört jetzt.«

»Ich weiß ja«, meinte Peter.

Lange hielt es Günther jedoch nicht aus, stille dazuliegen, er mußte dem neuen Ereignisse näher sein. Er eilte in den Musiksaal, streckte sich in einem Sessel aus, schloß die Augen, hörte zu. Das war gut. Er reckte seine Glieder ordentlich vor physischem Behagen. Aber was sang sie denn? War das nicht Isoldens Liebestod? Es klang jedoch fremd. Das Dämmerige, die süße Tiefe dieser Klage, in der Lieben und Sterben geheimnisvoll und einträchtiglich beieinander wohnen, das fehlte. Diese Musik war eine scharfe, klare, fast böse Leidenschaft. Seltsam, dachte Günther, wie ein nordischer See unter einer südlichen Sonne. Ja, gerade so! Was hat die Frau nur, um das so zu singen? Er schaute sie an. Die Linien ihres Körpers bebten sachte in der Anstrengung des Gesanges. Aus dem skabiosenblauen Sommerkleide leuchtete der Nacken hervor, wie Widerschein von Gold lag es auf ihm. Ein leichter Flaum bedeckte die Arme mit winzigen Lichtstricheln. In den runden Linien dieser Arme lag so viel Irdisch-Junges, lag etwas, das zum Volk gehörte, an Arbeit denken ließ.

Mareile sang:

»Wie sie schwellen,
Mich umrauschen,
Soll ich atmen?
Soll ich lauschen?
Soll ich schlürfen,
Süß in Düften
Mich verhauchen?
In des Wonnemeeres
Wogenden Schwall?«

Günther schloß wieder die Augen. Die Musik stellte mit visionärer Farbigkeit ferne, südliche Erinnerungen vor ihn hin. Rote Felsen, blonder Meersand, das Meer ein tiefblaues Atlastuch, das rauschend steife, blanke Falten schlägt. An der sonnenwarmen Felswand, auf den Sand niedergekauert, die kleine Photini, die junge Frau des alten Maoro Petros, des Zollaufsehers von Hydra. Dort wartete sie täglich auf Günther, wenn er vom Bade kam. Regungslos hockte sie, das Kinn auf die Knie gestützt, die Augen schmal und schwarz in die Helligkeit hinausstarrend, wie schöne Raubtieraugen, die auf Beute lauern. Wenn er dann vor ihr stand, zuckten die Wimpern. Er beugte sich nieder und nahm das ganze, sonnenwarme Figürchen in seine Arme. Photini lachte ein schrilles Möwenlachen. So trug er sie in einen Winkel, den die überhängenden Felsen zu einer schattigen Kammer machten. Die Wellen hatten große Sandpolster hineingespült, blank und gewässert, wie alte Brokate. Es roch nach Stein und Algen. Hier streckte Photini sich aus, ein mattgelber Elfenbeinleib, der glänzte, als flösse Honig statt Blut in seinen Adern, dann warf sie sich auf Günther, umschlang ihn mit den blanken Armen, den blanken Beinen, eidechsenwohlig zu Hause in der sinnlichen Glut, wie in der Sonnenglut an der Felswand. Günther entsann sich, wie er einmal in dieser wilden Umarmung seine Sinne schwinden fühlte. Eine Ohnmacht überwältigte ihn. Als er zu sich kam, sah er Photinis schmale, blanke Augen über sich, ängstlich und neugierig, dann lachte sie ein wenig spöttisch, und mit der schrillen Musik ihrer Stimme rief sie: »Ptochos«, »Armer«, das klang mitleidig und fast verächtlich.

»Schlafen Sie?« fragte Mareile. Sie hatte sich auf dem Stuhle umgewandt und lächelte Günther an. »Sie sehen aus wie jemand, der angestrengt träumt.«

»Tu ich auch«, sagte Günther. »Bei Musik träumen wir so lebhaft wie im Fieber. Aber sagen Sie, wie singen Sie das?«

»Schlecht, ich weiß«, meinte Mareile. »Noch kann ich nicht so recht. Es kommt immer Eigenes hinein. Nun, Isolde leiht mir wohl mal ihre Musik für meine eigenen Angelegenheiten.«

»O gewiß!« stimmte Günther zu. »Sie brauchen ein Stimmungsventil. Das versteh' ich. Wenn's sich in mir so rührt, dann geh' ich zu Peter und schreie ihn an. Wunderbar haben Sie gesungen.«

Beide schwiegen einen Augenblick. Mareile schlug sinnend einige Töne an.

»Sind Sie krank?« fragte sie dann. »Sie sehen so – still aus?«

»Ja, Azedi.«

»Ist das eine Krankheit?«

»Ja, eine Klosterkrankheit. Die Nönnchen kriegen das von zu viel Heiligkeit. Ach, das ist heilbar... Es ist so 'ne Art Katzenjammer.«

»Was tut man dagegen?«

»Starke Verzückungen werden angewandt. Ein neuer Rausch, wie immer bei Katzenjammer. Aber singen Sie noch, das ist auch so 'n neuer Rausch.«

Mareile sang:

»Du bist der,
Nach dem ich verlangte
In frostigen Winters Frist.
Dich grüßet mein Herz
Mit heiligem Grauen.«

Günther nahm seinen Traum wieder auf. Die griechische Sonne, die roten Felsen gegen den unsagbar blauen Himmel... aber jetzt stand Mareile in alldem. Sie schaute mit den tokaierbraunen Augen den Strand entlang und wartete auf ihn. Auf ihn! Teufel! Das wäre etwas!

»Hell wie der Tag
Taut es mir auf
Wie tönender Schall –«

sang Mareile.

Wie sie im Singen bebte, wie die Töne in ihr schwollen! Plötzlich ging Günther hinaus. Er fürchtete, wunderlich auszusehen, mit dieser neuen, großen Aufregung im Herzen.

»Da Sie wieder singen«, sagte Günther zu Mareile, »so reiten Sie wohl auch wieder.«

Mareile hatte nichts dawider. »Gut!« bestimmte Günther. »Ich reite heute mit Ihrem Vater aufs Vorwerk hinaus. Sie kommen also mit!«

Am Nachmittag saß Mareile im olivgrünen Reitkleide, den niedrigen, blanken Hut auf dem Kopfe, auf der Fuchsstute. Sie liebte das Reiten. Die Freude machte ihr Gesicht rosa und kindlich.

»Achtgeben«, mahnte Vater Ziepe. »Ein Pferd ist kein Klavier.«

Ein Gewitterregen war über das Land gegangen, jetzt schien die Sonne wieder zwischen den großen, metalligen Wolkenballen hindurch. Glatt und grün lagen die gemähten Wiesen da. Die Schwalben schossen ganz niedrig darüber hin.

»Jetzt Galopp!« rief Mareile, »ho – ho – Grane.« Günther blieb neben ihr. Die Pferde nahmen a tempo einen Graben, sausten am Pfarrgarten hin, wo Betty Ahlmeyer, jetzt Pastorin Halm, Johannisbeeren abnahm und die wie in Blut getauchten Hände gegen die Sonne hielt, um den Reitern nachzuschauen. Plötzlich ließ Mareile ihr Pferd in Schritt fallen. »Ich kann nicht mehr«, sagte sie atemlos. Günther legte seine Hand auf Granes Sattel, beugte sich vor, sah Mareile mit einer brennenden Bewunderung in das Gesicht. Er wollte etwas

Besonderes sagen: »Das nenn' ich beieinander sein, was – –? Alles andere bleibt zurück, kann nicht mit. Nur wir beide.« Er sprach schnell und undeutlich vor Erregung.

Als sie im Vorwerk anlangten, stand die Sonne schon tief. Günther ritt mit Ziepe zu einer Stauwiese. Mareile setzte sich auf einen umgestürzten Schiebkarren am Feldrande. Sie fühlte sich froh. Der Ritt, und dann, aus Günthers Augen hatte sie eben etwas angeglänzt, das sie eine Weile entbehrt hatte und das doch ihre eigenste Lebenslust war.

Die Sonne ging himbeerrot zwischen violetten Wolkenstreifen unter. Dämmerung legte sich über das Land. Ein roter Mond stand dicht über dem Horizonte. Die Arbeiter gingen auf dem Fußpfade zwischen den Feldern heim. Wo ein Bursche hinter einem Mädchen herging, da folgte Mareile ihnen mit den Augen, und wenn sie hinter den Erlen verschwanden, sagte sie sich: »Jetzt bleiben sie stehen. Jetzt langt er nach seinem Mädchen«, und sie kam sich dort auf ihrem Schiebkarren plötzlich einsam und um ihr Recht an der Sommernacht betrogen vor.

Endlich kehrte Günther zurück. »Aufs Pferd, aufs Pferd«, rief er. »Vater Ziepe reitet einen anderen Weg. Heute ist gute, preußische Sentimentalität in der Luft, nicht?«

Der Mond war höher gestiegen. Nebel lagen auf den Wiesen. Es roch nach Moor und feuchtem Laub. Die Frösche quarrten in den Tümpeln, und die Rebhühner lockten im Klee. »Jetzt gehen wir wieder miteinander durch – hoio!« rief Günther. Sie trieben die Pferde an. Anfangs ging es an jungen Kiefern hin, die mit ihren Blütenbüscheln, wie mit kleinen Affenhänden, nach Mareiles Reitkleide faßten. Dann kam der Hochwald, hohe, dunkle Stämme, vom Mondlicht silbern gestreift. Alles stürzte schnell, gewaltsam, wehend vorüber – Düfte, niederrieselnder Tau, flüchtige Bilder von Lichtungen, von weidenden Rehen, von großen, lautlosen Eulen. »Geben

Sie mir Ihre Hand, dann geht's besser«, rief Günther. Sie hielten sich an den Händen; diese Hände drückten sich, als wollten sie einander danken. Auf einer kleinen Waldwiese stand Eve Mankow und weidete verbotenerweise dort ihre Kuh. Sie schützte mit der Hand die Augen gegen das Mondlicht und starrte ernst den beiden nach, die Hand in Hand, einen Augenblick hell beschienen, wie Traumgestalten an ihr vorüberrasten.

Auf der Chaussee hielt Vater Ziepe und wartete.

Im Schlafe leben wir weiter. Unsere Gefühle reifen dann, uns unbewußt. Günther erwachte am nächsten Morgen mit einer neuen, fertigen Leidenschaft. Beate schlief noch. Er blieb eine Weile vor ihr stehen und schaute sie aufmerksam an. Sie sah fast kindlich aus, wie sie da lag, die Stirn voller Löckchen, die Lippen halb geöffnet. Günther war gerührt. Dieses auserlesene Wesen hier war sein, er konnte es am empfindlichsten treffen und verwunden. Wiederum freute er sich an seiner eigenen Rührung vor dieser Frau, der er untreu zu werden fest entschlossen war. Stand dort zwischen Beates Augenbrauen nicht eine kleine aufrechte Falte, ein feiner Strich, wie mit einem Messer in die Haut geritzt? Die mußte eine Sorge um ihn da hineingezeichnet haben; wer sonst als er durfte solche Zeichen in dieses königliche Buch schreiben? Nie hatte er die sanfte Klarheit dieser Frau deutlicher empfunden. Kein Begehren mischte sich bei ihrem Anblick in sein Gefühl. Der Friede, der über ihr lag, war ganz tief und rein. Ein Heiligtum, das Günther mit Bedauern zu verlassen sich anschickte.

Er ging in den Hof hinunter. Es trieb ihn, vor Mareiles Fenster eine imponierende Gutsherrentätigkeit zu entfalten. Dann ließ er Grane vorführen, um zu sehen, ob sie gut gestriegelt sei. Grane gehörte ja jetzt zu Mareile. Plötzlich war Mareile da, in ihrem gelben Morgenkleide, unter dem rosafarbenen Sonnenschirm.

»Ist Grane unser Ritt bekommen?« fragte sie. Günther hatte so intensiv an Mareile gedacht, daß ihr Erscheinen ihm selbstverständlich erschien.

»Oh! Grane ist munter«, sagte er. »Wollen Sie nicht meinem Surhab auch guten Morgen wünschen? Er ist noch im Stall. Er gehört doch auch zu uns vieren?«

»Ja, zu uns«, meinte Mareile lächelnd.

Sie gingen in den Stall. »Setzen Sie sich, bis ich Grane an die Kette lege«, sagte Günther. Eine starke Erregung bedrückte seine Stimme; er sprach, als wäre er gelaufen. »Hier ist's hübsch, nicht? Ich habe es mir hier gemütlich gemacht. Für manche Stimmungen ist dieses hier ein Kapitalort. Hier ist Andacht, finden Sie nicht? Warten Sie! Sprechen Sie nicht. Seien wir stille, damit Sie fühlen, was ich meine. Surhab schaut Sie an, er kennt Sie natürlich.«

Sie saßen auf rotlackierten Stühlen. Rundbogenfenster füllten den Raum mit ruhiger, weißer Helligkeit. Es roch nach Heu und Riemenzeug. Die Pferde atmeten einen feinen Dampf aus, der die Luft erwärmte. Ab und zu klirrte eine Kette, oder ein Huf schlug auf den Boden, und jeder Ton ließ über die blanken Flanken der Tiere ein Zittern hinlaufen.

Günther sah Mareile unverwandt an. »Fühlen Sie's?« Mareile nickte. »Es ist«, fuhr Günther fort, »es ist das Rasseblut, das hier niedergehalten wird. Verstehen Sie das? Ruhig, hübsch, einförmig, still muß es hier sein. Das wilde Blut und die feinen Nerven müssen eingeschläfert werden. Sehen Sie Surhab. Er schaut geduldig aus, so, als leide er; verachtungsvoll ruhig, nicht? Er weiß, er darf sich hier nicht ausgeben, weil, weil...« Günther suchte nach Worten, er wußte in seiner Aufregung nicht mehr recht, was er sprach. »Nun eben, weil er ein Rassepferd ist«, ergänzte Mareile und lachte... »weil er nicht auf die Weide gehen darf, wie die anderen, und nicht arbeiten.«

Günther schlug sich mit der Hand auf das Knie. »Das ist's, natürlich! Lebenslust aufspeichern, sich nicht ausgeben dürfen. Na, wenn die weißen, stillen Schlösser nicht wären und die weißen, strengen Damen und so – diese Luft – die auch weiß und still ist – Teufel – man würde sterben vor – vor Lebensverschwendung.«

Mareile schlug vor Günthers blankem, begehrendem Blick die Augen nieder, aber sie fühlte diesen Blick über sich hinstreichen, über ihre Stirn, ihre Augen, ihre Lippen. Sollte es sein? dachte sie. Günthers Stimme wurde gedämpft, klagend. »Aber die geduldigen Rassetiere haben auch ihre Stunden, in denen sie frei kommen. Da wird verschwendet, was aufgespart war. So bei Mondschein über die Wiese jagen, was? Nicht schlecht! Da vergessen sie alles. Wenn sie wieder in den Stall kommen, dann ist ihnen die Krippe und das Heubündel fremd. Sie scheuen und steilen wie toll. Ja, das gibt's schon.« Er beugte sich vor, um Mareile gierig in die Augen zu sehen. Das war jener wunderliche, fast feindliche Blick, den sie in Männeraugen kannte. Sie wurde ein wenig bleich. Wenn es wäre! dachte sie. Sofort erfüllte sie ein starkes, inneres Frohlocken. Es war ihr, als habe sie etwas erlangt, nach dem sie lange, lange, bis in die Kinderzeit hinein, gehungert hatte, damals, als sie am Ende der Ferien, wenn Günther fortreiste, sich in die finsteren Winkel des Hauses versteckte, um zu heulen, weil sie keine Baronesse war und nicht, wie Beate, Günther heiraten sollte. Wenn es wäre, dachte sie immer wieder. Günther sprach weiter. »Ja, Sie, Mareile, Sie können sich auch nicht gleich in den Gartensaal und die Kreuzzeitung finden, wenn wir von Mondschein und der Wiese kommen. Nicht wahr?« – »Ich!« Mareile wollte scherzen, aber ihre Stimme hatte den fliegenden Atem des schnell schlagenden Herzens. »Ich! Ich bin kein Rassepferd. Ich habe doch keine vornehmen, resignierten Augen. Nein, ich habe freie Weide, Gott sei Dank!« –

»Sagen Sie, Mareile. Ist wirklich noch was vom Landmädchen in Ihnen, so von freier Weide, wie Sie sagen?«

Mareile errötete. »Oh, gewiß. Ich kann arbeiten, und ich spare, und flaches Land hab' ich nötig, um hinüberzusehen.«

»Und doch ist was Fremdes in Ihnen«, meinte Günther sinnend.

Mareile erhob sich. »Gehen wir. Die Luft hier, diese Rasseluft ist beklommen.«

Sie standen noch einen Augenblick und plauderten ruhig und unbefangen. »Sehen Sie die alte Fuchsstute dort«, bemerkte Günther, »die hat ihr Blut untergekriegt. Sehen Sie *den* Blick. Wie Tante Lolo, wenn sie die Kreuzzeitung liest.«

Mareile ging zur Heide hinab. Sie mußte nachdenken. Es lag sich gut auf dem Heidekraut mitten in dem Blinzeln und Schnurren der Mittagstunde.

Mareile verstand sich auf die Männer. Sie wußte, was jetzt in Günther vorging. Und hatte es nicht so kommen müssen? Sie fühlte wieder in sich etwas wie den Triumph des kleinen, neidischen Mädchens von früher, das vor Beate auch mal etwas voraus haben wollte. Sie streckte sich wohlig. Schon das Gefühl, daß, wie das Evangelium sagt, wieder einmal »eine Kraft von ihr ausgegangen« war, machte sie froh. Liebte Günther sie, gut, dann wollte sie diese Liebe genießen. Sie war stark genug, um ihn und sich selbst in Zaum zu halten. Aber Liebe ist schön, sie sollte dauern dürfen. Oh! Sie würde schon dafür sorgen, daß daraus nicht etwas Häßliches würde. Das sollte eine Liebe werden von Mareiles eigenster Erfindung, wie die Cibò-Rosen. So! Damit war sie im reinen. Sie wühlte die Füße tiefer in die Halme, die ihr durch die seidenen Strümpfe stachen. Angenehm war es, klug, stark und schön zu sein! Sie schloß die Augen. Das Blut pochte heiß und unruhig in ihren Adern, als wollte es sie mit einer heimlichen, frohen Botschaft wecken. Mareile griff mit beiden Händen in das Heidekraut, um sich fester an die Erde, an all das Warme, Summende, Wachsende, Zeugende zu drücken. Fern am Rande der Heide lag das Feld, eine goldene Vision. Der Duft reifer Ähren wehte herüber. Dort wurde gearbeitet. Mareile mußte die Mittagzeit verträumt haben.

Die Prassawitz' aus Kastrow und der General Lassow waren zum Diner geblieben. Die Herren standen in der Gartentür, steckten die Köpfe zusammen und hörten einer Geschichte des Generals zu, die nicht für Damen war. Die Damen saßen um den runden Tisch und unterhielten sich ein wenig lässig. Den Kastrowschen Mädchen, mit den weiß und roten Pastellgesichtern, wurde es schwül in ihren enggeschnürten, weißen Besuchskleidern. Mareiles Erscheinen belebte die Gesellschaft, als läge in dem Orchideenduft, den sie verbreitete, etwas, das erregt und zu Kopf steigt. Der lange Prassawitz strich sich über seinen blonden Kaiser-Friedrich-Bart, ging auf Mareile zu und wich nicht von ihrer Seite, dabei lächelte er so einfältig entzückt, wie man, nach Günthers Behauptung, in Damengesellschaft nicht lächeln darf. Nach dem Diner setzten die Herren sich zum Whist, die jungen Damen spielten Chopinsche Walzer vor.

Mareile trat auf die Gartentreppe hinaus, sie erstickte da drinnen. Die Nacht war schwarz und lau. Ein leichtes Wehen brachte den Hauch nebeliger Wiesen, großer, tauiger Flächen herüber. Mareile schritt langsam auf und ab. Sie hätte weinen können, so stark war ihr Empfinden. Unten vom Parkteich tönte der einsame Ruf eines Wasservogels herauf. Dieser Ton nahm für Mareile Bedeutung an. Er wurde zur Melodie ihrer Seele. In die schwüle, duftschwere Finsternis immer den einen Ton hineinrufen, mit dem ganzen Verlangen, das sich in der Nachtstille hervorwagt. Mareile blieb stehen, streckte ihre Arme in die Dunkelheit hinein. Sie fühlte es, Günthers

Seele war bei ihr, es war, als stände er neben ihr, schnell und heiß atmend, als striche sein Verlangen wie eine warme Hand über ihren Körper. Der Mond stieg über den Parkbäumen auf und warf die Schatten tintenschwarz auf die Terrasse. Warum kam Günther nicht? dachte Mareile. Sie stieg die Treppe hinunter. Ein Beet voller Hyacintha candida lag da, sehr weiß in all den Schatten. Sie hörte Schritte auf dem Kies. Das war Günther, sie wußte es. Sie ging bis zu den Hyacintha candida; dort wartete sie.

»Warum gehen Sie allein fort?« sagte Günther. »Sind Sie traurig?«

»Muß ich lustig sein?« erwiderte Mareile. »Eine einsame Frau, die ihr Leben neu aufzubauen hat.«

»Unsinn«, sagte Günther, und das klang gedrückt, zerstreut, als dächte er nicht an das, was er sagte. »Das klingt ja nach Literatur. Weiß Gott! Mir ist nicht nach Literatur zumute. Da drinnen halt' ich's nicht aus. Die Mama übernahm meine Partie. Ihr Leben, Mareile? Toll geliebt werden müssen Sie, das ist's.« Er stieß das heftig hervor. Die Spannung in seinen Zügen löste sich in ein Lächeln. Das war es, was er gedankenvoll hergetragen, nun warf er es heraus, Mareile sah es seinen Händen an, wie er es ihr hinwarf. »Sie müssen toll geliebt werden. Da!«

Sie nickte freundlich. Wo diese Frau einer Männerleidenschaft begegnete, da fühlte sie festen Boden unter den Füßen. »Ja, das wäre gut«, sagte sie einfach.

»Ach was! Quälen Sie mich nicht, Mareile«, brachte Günther ungeduldig heraus. »Natürlich quälen Sie mich. Sie müssen's doch wissen, daß ich Sie toll liebe. So was sieht man doch, fühlt man doch.«

Mareile streckte die Arme aus, um beide Hände in die weißen Blumen zu stecken. »Wer sagt es Ihnen, daß ich das nicht gewußt?«

»Mein Gott, Mareile, und dann konnten Sie mich so neben sich hergehen lassen – wie – wie – einen Kranken? Aber das ist jetzt gleich. Sagen Sie – nein – hören Sie lieber – also meine Liebe… Gott, wie ruhig Sie sind!«

»Wenn ich Sie quäle, muß ich wohl gehen«, versetzte Mareile, die Hände noch immer über die Blumen, wie über ein weißes Feuer, haltend.

»Gehen?« wiederholte Günther. »Gehen – jetzt? Das wäre eine schlechte Tat – verstehen Sie das nicht – Mädchen – Frau!«

»Ja – wenn es wird, wie ich will, dann – dann – kann ich bleiben«, meinte Mareile. Ein triumphierendes Gefühl beseelte sie. Sie glaubte auf einer gefährlichen Höhe zu stehen, auf der nur sie zu stehen vermochte. »Ich will eine Liebe, die niemandem etwas stiehlt, verstehen Sie? Eine Liebe, die nur Sie und ich haben. Das dürfen wir. Sie – in Ihrer Gesellschaft sind ja stark – Sie können ja kehrtmachen. Und ich, ich bin auch stark, wie man im Volke stark ist. Das kann dann schön sein.«

»Ich weiß nicht, was das ist«, sagte Günther leise und verwirrt. »Was Sie wollen. So was gibt's wohl nicht. Aber das ist ja egal. Sagen Sie ganz einfach, daß Sie mich liebhaben. Können Sie das?«

Mareile zog ihre Hände von den Blumen zurück und gab sie Günther, kühl und taufeucht. Ihr Gesicht war froh und ruhig, wie das Gesicht eines Menschen, der Heimatluft atmet. »Ja – ja – das kann ich«, sagte sie. »Ich liebe Sie, Günther.«

Günther seufzte tief auf. »Ah – so – ja – dann ist's gut.« Eine friedliche Schlaffheit kam über ihn, wie sie am Ende einer Angst, einer Spannung zu stehen pflegt. »Also dann – gute Nacht – Mareile.« Er freute sich auf den ruhigen Schlaf der Nacht.

Günther, bleich und müde, hielt es im lavendelfarbenen

Wohnzimmer bei den guten, beruhigten Menschen nicht lange aus. Dort bedauerte Beate ihn und sah ihn aus hellen Augen freundlich an. Man sprach von der Ernte. Tante Lolo erzählte von längst vergangenen Ernten auf alten Familiengütern. Das Kind wurde gebracht, der kleine Went. Günther ließ ihn auf dem Knie reiten. »Vater und Sohn«, sagte Tante Lolo gefühlvoll; und bei all dem dachte Günther doch immer nur: Wo ist Mareile? Wo ist Mareile? Er stand auf, ging eilig fort, als riefe ihn ein dringendes Geschäft.

Mareile jedoch erschien erst am Abend im Schlosse. Wenn die anderen im Gartensaal saßen, ging sie draußen auf der Gartentreppe auf und ab. Sie versuchte es, mit ihrem Willen Günther vom Whisttisch herauszuziehen. Wenn man sich liebt, muß solch ein »Komm, komm« doch zwingen. Die Nacht war sehr schwarz. Ab und zu leuchtete ein Wetter auf und zeigte eine blaue Glaswelt. »Mareile«, rief Günther in die Dunkelheit hinein.

»Fühlten Sie, daß ich Sie zog?« fragte Mareile.

»Oh –! Gewiß!« Dann lachten sie beide halblaut. »Was haben Sie den Tag über gemacht?« fragte Günther. »Ach! Nicht viel!« Sie sprachen über kleine, alltägliche Dinge, aber die Worte glichen einem sanften Halten der Hände. Oder sie lehnten am Gitter der Veranda und versuchten es, den Duft der Blumen zu unterscheiden. »Die Reseden spür' ich, die sind immer am unverschämtesten.«

»Jetzt kommt solch ein schwerer – schwüler Duft, was ist das?« – »Die Tuberosen.« – »Jetzt riech' ich den Duft des Geißblatts – süß – süß.« – »Ich mag ihn nicht, er riecht nach Liebe von Pfarrerstöchtern.« Bald jedoch wurde Günther verzagt, fast feindselig. »Ich sehe Sie nicht, Mareile. Gehört das zu der neuen, dummen Liebe, die Sie sich ausgedacht haben? Was ist das für eine Liebe!«

»Sie vergessen, lieber Freund, daß Sie hier nicht eine Schuld eintreiben, sondern ein Geschenk nehmen.«

»Ja – ja – aber – weiß der Teufel!« sagte Günther kummervoll. »Ich glaube, Sie sind nicht freigebig. Ich bin wohl nur so 'ne Vorübung des Herzens. Sie sparen für einen, der kommen soll. Ist das nicht so? Denn sehen Sie, wenn man liebt – Teufel noch eins! Da kommt's nicht darauf an, ob daraus was Trauriges oder Heiteres, was Hübsches oder was Häßliches, was Gesegnetes oder Verfluchtes wird.«

»Nein, nein«, meinte Mareile, »verderben Sie mir meine Liebe nicht. Es ist doch gut, sich immer wieder zu sagen, daß wir uns lieben? Wie wir lieben? Immer, immer über die Seele des anderen gebeugt, diese Liebe zu fühlen? So führen wir ein Leben abseits, miteinander, allein für uns.«

Günther lachte grimmig. »Das müssen Sie von Tante Seneïde gelernt haben. Gut, wenn ich Tag und Nacht still liegen dürfte und Sie säßen neben mir und wiederholten immer wie ein Wiegenlied: ›Günther, ich liebe dich! Günther, ich liebe dich!‹, na, dann würde ich vielleicht verstehen, was Sie meinen – so – so – – die Liebe als Morphium.«

»Aber das tu ich«, sagte Mareile eindringlich. »Das ›Ich liebe dich‹ spreche ich Tag und Nacht. Hören Sie es denn nicht?«

Drinnen, im Gartensaal, wurde zur Abendandacht gerufen. An der Tür standen schon die Mägde mit erhitzten Bakken, die Stirnlöckchen voller Lindenblüten, die Kleider verschoben und voller Geißblattduft und Tau. Tante Seneïde las die Andacht, dann wünschte man sich freundlich »Gute Nacht«. Ein jedes stellte sein Leben, eine wohlgeordnete, reinliche Sache, für die Nacht beiseite, sicher, es den nächsten Morgen unverändert, reinlich und nett, wieder hervorholen zu können.

In dem engen Bette der Ziepeschen Logierstube verbrachte Mareile jetzt seltsam erregte Nächte, voll wacher Träume.

Die nackten Arme unter dem Kopf verschränkt, starrte sie mit weit offenen Augen vor sich hin. Das Fensterkreuz schnitt den Himmel in enge Vierecke voll schwarzer Nacht oder voller Sterne, oder es ging ein Regen nieder, eine erfrischende, tröstende Musik. Und Mareiles Gedanken, ihr Fühlen nahmen eine köstliche Eintönigkeit an. Immer wieder das feste An-*ihn*-Gebunden-sein, und jeder Nerv ihres Körpers nahm an diesem Gedanken Anteil. »Er und ich. Er und ich.« Sie spürte es, wie er dort drüben im Schloß nach ihr verlangte, wie sie in das Blut des geliebten Mannes ihre Wärme goß. »Er und ich.« Schön waren diese schlaflosen Nächte mit ihrem einen Gedanken. Wenn die Fensterscheiben endlich im Morgenlichte weiß wurden und im Hof unten die Stalltüren knarrten, dann wandte Mareile ihr Gesicht traurig der Wand zu. Sie war mit ihrem einen Gedanken noch lange nicht fertig.

»Die gnädige Frau ist zum See 'runter«, meldete Peter. »Sah sehr gut aus.« Das war jetzt Peters Geschäft. Er mußte stets wissen, was Mareile tat, um es Günther zu melden.

Mareile war heute früher als sonst zum See hinuntergegangen, um zu baden. Der See war voller Sonnenschein. Der nächtige Regen hatte das Wasser ein wenig getrübt, es grau und undurchsichtig, wie Seide, gemacht. Mareile stand im Wasser, ließ sich von ihm heben und wiegen. Ringsum zitterte das Licht. In den blanken Schilfinseln schnatterten die Enten. Wie das Leben all dies trug und wärmte! Man hat nichts dazu zu tun – nehmen – genießen – immer nur dem dunkeln, geliebten Gesetze des Lebens nachgehen. Das machte Mareile heute still und froh. Regungslos im Wasser stehend, fühlte sie, wie der See sich an ihren heißen Körper schmiegte, mit kleinen, grünen Wellen nach ihren Brüsten griff, als verlange auch er nach ihr.

Als Mareile später den Ellernbruch entlang nach Hause

ging, fand sie Günther dort stehen und warten. In seinem dunkelblauen Radfahreranzug, einen Strohhut auf dem Kopfe, sah er heute besonders jung aus. Wie ein hübscher, böser Junge, dachte Mareile.

»Ich warte hier auf Sie«, rief er ihr zu.

»Das ist hübsch«, sagte Mareile. Günther ging neben ihr her. »Hübsch!« wiederholte er, »ich dachte, Sie vermeiden mich am Tage. Sie haben mich auf Abendration gesetzt.« Mareile hörte wohl den Groll heraus, der in Günthers Stimme kochte. »Ja, aber heute kommen Sie mir recht«, sagte sie einfach.

»Recht oder nicht«, meinte Günther. »Ich kam, um Ihnen zu – sagen; ja – so geht es nicht. Ich halte es nicht aus, nur so – so – 'n Turnreck für Ihr Herz zu sein – für – für Ihre Kunst zu lieben – was weiß ich. Das ist alles verteufelt dummes Zeug.« Wirklicher Zorn lag jetzt in seinen Samtaugen. Mareile wurde ein wenig bleich; ruhig sagte sie: »Ja, dann ist es wohl aus.«

»Aus!« Günther lachte böse. »Sprechen Sie doch keine Gemeinheiten. Wie kann es aus sein? Man muß doch wissen, was man ist. Irgendwelche Schloßideen sind Ihnen angeflogen. Sie sind nun mal keine weiße, tugendhafte Frau. Sie sind Mareile, Sie zahlen bar. Aber plötzlich wollen Sie so 'n Gemisch von Mareile und Fürstin Elise und Tante Seneïde sein. Das ist unmoralisch. Wollen Sie was von mir? Gut – was wollen – Sie? Ich tu alles.«

Mareile senkte den Kopf und hörte schweigend zu. Wie Peitschenhiebe traf sie die Brutalität von Günthers Worten. Dennoch wünschte sie, er solle weiter sprechen. Die gewaltsamen Worte taten ihr wohl, schnürten ihr die Kehle zusammen, ließen ihr das Blut heiß in die Schläfen steigen.

»Warum sagen Sie nichts?« fragte Günther ein wenig kleinlaut. »Jetzt hab' ich Sie natürlich beleidigt? Sie fürchten sich vor mir.«

Mareile sah auf. Sie war selbst erstaunt über den ruhig überlegten Ton, mit dem sie sagte: »O nein! Ich fürchte mich nicht.«

»Wollen Sie mit mir heute reiten?« Günther beugte den Kopf, um Mareile unter den Hut zu sehen. »Sie wollen nicht? Sehen Sie...«

»Doch, warum nicht?« erwiderte Mareile und lächelte; sie zwang sich zu diesem Lächeln, denn ihre schöne Sicherheit war fort. Günther aber triumphierte. Er schwenkte seinen Hut, rief: »Haio! Dann ist ja alles gut!«

Um drei Uhr ritten sie aus. Die Sonne stach durch leichte, graue Wolken. Es war windstill und schwül. Unter den Hufen der Pferde erhoben sich Staubwolken. Grane, von Fliegen belästigt, war unruhig, Mareile mußte achtgeben. Günther gab ihr kurze Verhaltungsmaßregeln: »Wenn sie ausfällt, die Peitsche.« – »Gut im Zügel halten.« Mareile war niedergeschlagen. Alles schien ihr bedrückend und feindlich: der heiße Staub, die großen Schnaken, das Schrillen der Feldgrillen. Sie wollte hübsche Gedanken denken, aber diese ließen sich nicht rufen. Eines nur lebte in ihr, niedrig, staubig, wie die Wegwarte am Feldrain, eines nur, ein freudloses, bohrendes, dumpfes Verlangen, von Günther genommen zu werden – nur das... Sie schaute zu Günther hinüber. Sein Gesicht trug einen müden, gequälten Ausdruck. Wir sind alle traurig, dachte Mareile, der Wald und Günther und Grane und ich.

Als sie einen Abhang hinabritten, spürten sie den kühlen Hauch des nahen Sees. Da lag er vor ihnen, schwarz und regungslos, eine stumme Trauer.

»Steigen wir hier ab?« fragte Günther.

»Wie Sie wollen«, erwiderte Mareile. Es lag ein demütiges Gehorchen in ihrem Ton, so daß Günther erstaunt aufblickte. Er half ihr vom Pferde, band die Tiere an einen Baum. Mareile starrte währenddessen gedankenlos auf den See, sah einer schwarzen Taucherente zu, die langsam, wie ein kleines, einsames Fahrzeug über das Wasser schiffte. Plötzlich stieß der Vogel seinen Ruf aus, so schrill und angstvoll, daß Mareile erschrocken fragte: »Was hat er?«

Günther stand neben ihr, sehr bleich, mit unruhig flimmernden Augen.

»Mareile«, begann er leise, kummervoll, »wir können nicht mehr.« Sie stand vor ihm, die Arme hingen schlaff an ihr nieder. Sie verstand ihn wohl! Sie wiederholte: »Nein, wir können nicht.« Da nahm Günther sie in seine Arme...

Die Sonne schien schon schräg durch die Zweige, als Günther und Mareile noch am See beisammen waren. Er lehnte den Rücken gegen eine Tanne und rauchte eine Zigarette; sie lag in dem Moos und starrte zu den Baumwipfeln auf. »Also heruntergeholt!« sagte sie klagend vor sich hin, »jetzt ist sie so 'n gewöhnliches Ding, wie – wie – wir's überall finden – in allen Gesindestuben.« Ungeduldig warf Günther die Zigarette fort und nahm Mareiles Hände, die schwer und heiß in den seinen lagen. »Sprichst du von unserer Liebe? Na, das verbitte ich mir. Erstens gleicht eine Liebe nie irgendeiner anderen Liebe. Und dann unsere! So was hat es noch nie gegeben; die ist einzig.«

»Ja, du bist jetzt der Herr«, erwiderte Mareile. »Was du aus ihr machst, das wird sie sein.«

»Froh sein, Schatz«, mahnte Günther. Auf seinem Gesicht glänzte wieder zuversichtliche, eigensinnige Lebensfreude. »Wir müssen an unsere Feste glauben, wenn wir sie feiern wollen. Gott! Wir wollen unsere Liebe schon herausputzen. Mit allem Schönen wollen wir sie füttern, nicht? Wir, zwei solche Prachtmenschen; kluge Köpfe mit Rosen umwunden; na, das soll eine Liebe werden!«

Mareile lächelte, lehnte ihren Kopf an Günthers Schulter

und weinte. Er ließ sie weinen. Erst wenn ein Weib um seinetwillen geweint hatte, fühlte er es ganz als sein Eigentum. Rote Abendlichter hingen in den Zweigen. Lange Züge von Wildenten schwirrten pfeifend über den See. Am jenseitigen Ufer standen äsende Rehe, feine, rote Figürchen am schwarzen Wasser.

»Wir müssen heim«, sagte Günther, »die anderen warten.«

Mareile fuhr auf. »Die anderen, die sind auch alle noch da – das Diner – und die Tanten – und und...«

»Da sind sie«, tröstete Günther, »aber weißt du, nur so ganz verschwommen. Wirklich sind eigentlich – nur du und ich.«

Am Ende des Lantinschen Parkes, dort, wo der Wildpark anfing, lag auf einer kleinen Insel des Teiches ein Pavillon, mit geschweiftem, chinesischem Dache. Die Leute nannten ihn die Türkenbude und erzählten sich seltsame Geschichten, die in alten Zeiten die Türkenbude mit angesehen haben sollte. Jetzt war der Raum verwahrlost. Die chinesische Tapete hing in Fetzen von den Wänden, Fledermäuse schliefen hinter ihr ihren Tagesschlaf, die rosa Vorhänge waren verschossen, die Couchette und die Sessel mit den goldenen Beinchen wackelten. In einer Vitrine schliefen staubige Bücher und Vögel aus kleinen Muscheln geformt. Ein roher Küchentisch stand mitten unter den altersschwachen Sachen. An der Wand hing ein Pastellbild, der Kopf einer blonden Frau. Der untere Teil des Gesichtes war fortgewischt, aber an den harten, grellblauen Augen sah man noch, daß der Mund gelächelt hatte. Diesen Ort hatte Günther für seine Zusammenkünfte mit Mareile gewählt. Die Mittagstunde, wenn es auf den Feldern und Wegen still wird, war ihre Liebesstunde.

Günther lag auf der Couchette, rauchte und wartete. Das Fenster zum Walde hin stand offen. Das Hämmern eines

Spechtes, der Wachtruf eines Hähers, das Schnalzen der Fische im Teich klangen herein. Ein Lufthauch trug den Duft des Mooses, der Schwämme und Heidelbeeren ins Zimmer. Günther streckte sich. Oh! Die köstliche Luft seiner Liebesstunde! Neben ihm stand eine Flasche und ein venezianisches Glas. Es war griechischer Wein, jener Santoriner vino santo, der ihn an Photini und die Liebesstunden auf Hydra erinnerte. Frau Kulmann, die alte Kastellanin, froh, wieder die Hüterin eines herrschaftlichen Geheimnisses zu sein, hatte eine weiße Salatschüssel voller Zentifolien auf den Tisch gestellt.

Günther dachte immer wieder: Mareile – Mareile – Mareile! Seltsam kühn sind doch die Weiber! Mareile, die Musterfrau der Fürstin Elise, Mareile, die eben noch in Reih und Glied mit Beate, Seneïde marschierte, sie ließ plötzlich alles fallen, so mit einem Ruck, wie sie es liebte, ihre Kleider an sich niedergleiten zu lassen, um in ihrer schönen Nacktheit ihm zu gehören. Teufel auch! – Aber er wurde ungeduldig. Das Warten verlor seine Feierlichkeit. Kleinliche, unangenehme Gedanken kamen: an Verheimlichen, Verstecken, die ganze unreinliche Buchführung einer solchen Liebe.

Endlich knirschte der Kies unter dem Fenster; die Türklinke ließ ihr alterschwaches Knarren vernehmen, und Mareile war da. Mit ihr durch die Tür kam ein wenig von dem hellen Widerschein des Wassers in das Zimmer und flirrte an den Tapeten hin. Günther blieb regungslos liegen. Die starke Spannung seines Wesens löste sich in glückliche Wunschlosigkeit. Nun war alles gut! Mareile schloß sorgsam die Tür, zog die Vorhänge vor das Fenster. Dann stand sie da, streifte die langen Handschuhe von den Armen und sah Günther an. Ein Lächeln stieg von ihren Lippen in ihre Augen hinauf. Sie trug ein Kleid von gelbrotem, spanischem Musselin, die milde Farbe trockener Rosenblätter. Ein orientalischer Gürtel aus bunten Metallfäden hielt es zusammen. Auf dem Kopfe saß der geschweifte Sommerhut aus blankem, gelbem Stroh wie ein Riesenchrysanthemum. Günther wollte etwas sagen, Mareile jedoch legte ihren Finger auf ihre Lippen und machte »Sst«. Sie löste die Schnalle ihres Gürtels, der mit hellem Klirren zur Erde fiel; dann rauschten die Kleider, indem sie niederglitten – ein seidiges – leises Rauschen. Einen Augenblick stand Mareile still, hob die Arme empor, als täte die Nacktheit ihr wohl, dann ging sie zu Günther hinüber, beugte sich auf ihn nieder, drückte ihren Mund auf seine Lippen, wie ein heißes Siegel, und Günther, bleich vor Erregung, schloß die Augen, lag da, begraben unter diesem warmen, fiebernden Frauenleibe.

Und welch ein Glück war es, nach solch einer Liebesstunde dazuliegen, satt und müde, und zuzusehen, wie Mareile durch die Rosadämmerung des Raumes hin und her ging, den Vorhang ein wenig von dem Fenster zog, um das schwere, goldene Nachmittagslicht hereinzulassen.

»Ihr Frauen«, sagte Günther, »ihr seid nicht auszudenken.«

»Ihr Frauen!« wiederholte Mareile, »das gibt's nicht. Jede Frau ist für sich da und kommt so nicht wieder. Wie die Wolken, weißt du. Eine Wolke ist auch nur so für den da, der sie gerade sieht. Also, wozu nachdenken!« Sie lächelte dabei, die Arme hoch in den Sonnenschein emporhebend.

»Ja, ja«, meinte Günther behaglich, »über sich hingehen lassen, eine Welle, eine blanke, warme Welle«, wiederholte er und ließ die Worte klingen.

Mareile streckte sich jetzt in dem alten Sessel mit den goldenen Beinen aus. Die Füße legte sie auf den verblichenen roten Schemel. Günther liebte diese schmalen Füßchen mit den geschweiften Sohlen; sie waren lebendig und ausdrucksvoll, wie Füße der Dorfkinder, die, an Freiheit gewohnt, mit den langen Zehen geschickt nach den Kieseln im Bache fassen. Um die Fußgelenke und um die Arme trug Mareile glatte, goldene Reife. Günther hatte sie ihr gegeben. Auf jedem Reif stand der Vers des Hohen Liedes: »Du bist schön, meine Freundin.« Mareile legte ihre Hand in die Zentifolien der weißen Schale und schloß die Augen. Das war der Augenblick, in dem Günther, von seinem Ruhebette aus, Fragen zu Mareile hinüberzuwerfen liebte, wunderlich unumwundene Fragen. Es ergötzte ihn, rücksichtslos in diese Frauenseele hineinzufassen.

»Sag', Schatz, wenn du jetzt an das Schloß denkst, an Seneïde, an die Tanten, an die Lampe im Gartensaal, wie siehst du das?«

»Ich sehe sie – sehr – sehr weit. Wie durch ein umgekehrtes Opernglas, ganz klein, ganz unwirklich.«

»Nun, und Vater Ziepe, die Inspektorsstube?«

»Oh, die sind deutlicher, näher.«

»Wirklich?«

»Ja – seit einiger Zeit sind sie näher als – als das Schloß.«

»Hm –«

Mareile lächelte ihren Gedanken zu: »So muß es doch sein, Liebster, nicht? Wir, du und ich, wir haben unser Leben zusammengetan, *eine* Kasse. Und nun ist es stark und spricht ganz laut. Wir haben nur seine Stimme in den Ohren, verstehst du? Alles andere ist klein, unecht. Es gibt doch so alte Bilder: Ganz vorne steht ein Mensch, oder es stehen zwei beisammen, groß, farbig, ganz deutlich. Die leben; und hinter ihnen stehen Häuser und Bäume, und Menschen gehen über Brücken oder reiten auf Wegen, aber ganz klein, ganz bunt, eine Spielzeugwelt, unwirklich. Siehst du, so.«

Günther lachte. »Gut, gut! Du und ich, sonst nichts.« Er wiegte sich in diesen Worten: »Du und ich.«

»Ja, ja, du und ich«, wiederholte Mareile mit der verträumten Musik ihrer Stimme. Dann schwiegen sie. Große Hummeln sangen am Fenster vorüber. Die Sonnenstrahlen schienen rötlich und schräg in das Zimmer, und die großen, roten Kugeln der Zentifolien in der weißen Salatschüssel füllten welkend den Raum mit ihrem süßen Duft.

»Und Hans Berkow, kommt er noch zuweilen in deine Gedanken?« fragte Günther Mareile, als er eines Tages wieder auf dem Ruhebette lag und Mareile im Sessel vor der Schüssel voller Zentifolien saß. Er sah unter den halb geschlossenen Lidern zu ihr hinüber und wartete, wie diese Frage auf das ruhige Bild ihm gegenüber wirken würde.

»Oh, den – den sehe ich nicht mehr«, erwiderte Mareile träge.

»Aber du sahst ihn doch früher – ganz groß – im Vordergrunde«, meinte Günther.

»Groß!« wiederholte Mareile nachdenklich. »Nein, der war immer schattenhaft, unwirklich.«

»Und doch«, warf Günther ein.

Mareile zuckte die Achseln. »Mein Gott, ja! Er machte euch anderen Opposition, das gefiel mir damals. Und dann, eure Erziehung – dort – die macht den Körper dumm. Er weiß ja nicht, was er wollen soll... und so. Mareile nahm eine Rose aus der Schüssel und spielte mit ihr wie mit einem roten Ball. »Hans Berkow«, fuhr sie sinnend fort, »verstand gut alles, was an mir zu sehen war. Wunderschön fühlte man sich, wenn er einen ansah.«

»Und dann?« drängte Günther.

»Dann – dann? Ja, er hatte diesen Schönheitsappetit; aber sich selber schön machen, sich für mich ein wenig Mühe geben, das konnte er nicht, ebenso wenig, wie er seinem Pudding gefallen wollte. Er wollte so 'n Raffinierter sein, aber ich weiß nicht, es klebte an ihm doch etwas von ärmlichen Bierstuben mit Papierservietten und unreinlichen Kellnerinnen.«

»Und dann?« forschte Günther.

Mareile lächelte mitleidig einem fernen Bilde zu. »In Venedig war's. Ein grauer Morgen. Alles grau, der Himmel und das Wasser. Ich stand am Fenster und schaute hinaus. Mir war zumute wie als Kind, wenn Beate und die anderen ausgefahren waren und ich war nicht mitgenommen worden. Da rief Hans aus dem Nebenzimmer: ›Mareile, Mareile.‹ Du weißt, er schnarrt das r so häßlich. Das klang wie: ›Her – her zu mir – meine Sache – meine Speise – mein Imbiß – ich habe Appetit.‹ Da wußte ich es, daß ich ihn nicht mehr ertragen würde.« Sie begann, langsam die Rose, mit der sie spielte, zu zerpflücken. Wie Blut rannen die roten Blätter über ihre Finger in ihren Schoß. »Der arme Hans! Gott, wie wurde er häßlich! Hungrige können so häßlich sein. Aber das ist vorüber.« Sie stand auf. Die Rosenblätter regneten von ihrem Schoß an ihren Gliedern nieder. Sie setzte sich zu Günther, strich mit der Hand über seine Brust, ließ sie auf seinem Herzen ruhen. »Sprich du jetzt«, sagte sie.

»Von dir«, murmelte Günther wie im Traum. »Von dir könnte ich eine Ewigkeit sprechen. Dich fühle ich ganz... Betty Halm, die ist ein Hauskleid – und Beate ist ein Sonntagskleid – du bist anders – ihr – dein Geschlecht – seid kostbare Träume – kostbar und vergänglich; nur für Festtage da – für heiße Stunden ganz voller Licht – für die Dämmerstunden sind die anderen da, die stillen, weißen Frauen... aber ihr, ihr müßt vergehen, wenn ihr nicht glücklich seid.« Mareile lächelte. Günthers Worte taten ihr wohl. Sie wollte dieses kostbare, vergängliche und unverantwortliche Festtagswesen sein, das keinen Montag erleben konnte. Dann war es gut. Ziepens »lütte Mareile«, die gerne Baronesse wäre, die Inspektorstochter, die der Gräfin den Herrn stiehlt, all das war dann nicht mehr da.

»Ja – ja«, sagte sie mit der tragischen Musik ihrer Stimme.

»Aber wenn wir da sind, sind wir alles.« Sie beugte sich auf Günther nieder, der die Augen schloß, bleich, fast ohnmächtig vor übergroßer Erregung.

Mit dem ersten flüggen Volke Rebhühner langten das Ehepaar Sterneck und der Major von Tettau in Kaltin an. Der Major meinte, wenn er sein erstes Rebhuhn im Jahr nicht in Kaltin schösse, dann fielen ihm die Bestien in dem Jahre nicht.

Es war vor dem Diner. Abendlicht lag über dem Garten. Der Duft der Reseden und Tuberosen mischte sich mit dem Dufte der Pflaumen und Frühbirnen. Die Herren und Damen, schon für das Diner angekleidet, gingen noch ein wenig zwischen den Blumenbeeten auf und ab. Seneïde und Beate standen auf der Veranda und schauten in den Garten hinab. Unten gingen Mareile und Günther eine Allee von Georginen entlang. Hübsch waren die hohen Pflanzen mit ihren weinroten Blumen; dazwischen Stockrosen, wie Pyramiden von zerknitterter, verschossener Seide. Mareile trug ein schwarzes Kleid, das ganz voll schwarzer Schmelzen war. Das ist hübsch, dachte Beate; dieses Bild erregte in ihr jedoch ein scharfes, fast quälendes Interesse. Sie strengte die Augen an, um den Ausdruck der Gesichter erkennen zu können.

»Wie schaust du aus, Beating?« rief Seneïde. Bei den geringfügigsten Anlässen hatte Seneïde die Art, so aufzuschrekken, angstvoll, als sähe sie ein Kind im Fenster des vierten Stockes stehen, bereit herabzustürzen.

»Ich?« sagte Beate. »Aber Tante, du erschreckst einen ja. Ich geh' noch zu Went hinüber«, fügte sie hinzu, als sei das das Mittel gegen etwas, das sie angefallen hatte.

Am Abend, als der Mond rund über den Parkbäumen stand, sollte eine Kahnfahrt unternommen werden. »Das zu versäumen, wäre barbarisch«, schnarrte Tettau. »Man hat doch auch seine Poesie im blauen Blut, nicht, meine Damen?«

Wie ein gespenstischer Tag lag die Mondhelle über dem Garten. Die Damen legten einander die Arme um die Taillen, hoben die Gesichter zum Monde auf und sprachen in Ausrufen. Die Herren folgten. »Hören Sie, Tarniff«, meinte Tettau, »superbes Weib, die Frau Berkow. Donnerwetter! Aber gut, daß wir dem Egon die Zügel anzogen; 'ne adlige Ehefrau, das is sie nu mal nich.«

»Überhaupt keine Ehefrau«, bemerkte Günther.

»So! Na ja, der Berkow, dummer Kerl, unsympathisch. Aber hören Sie, ich könnte nicht so wochenlang ruhig neben dieser Frau leben. Ehe – ganz schön; aber es gibt beauté's, die einen geradezu zu Dummheiten zwingen.«

Günther lachte. »Lieber Major, ich bin kein Engländer, der von jeder hübschen Sache ein Stück abbrechen und in die Tasche stecken muß.«

Tettau seufzte. »Da kann ich nur sagen: Oh! Meine Jugend!«

»Na, Major, zerschmelzen Sie nicht«, höhnte Günther.

Im Kahne saß Mareile an der Spitze. Die einzige, die dem Monde den Rücken zukehrt, dachte Beate gereizt. Nicht sehen, aber gesehen werden, dachte Ida Sterneck. Große Helligkeit lag über dem Wasser, oben das weiße Licht, das Wasser weiß von Licht. »Man kommt sich vor«, meinte Tettau, »wie eine Fliege, die in den Milchtopf gefallen ist.«

»Bravo, Major!« rief Günther. »Milch, natürlich, von einer goldenen Kuh, die silberne Milch gibt.«

»Jetzt muß Frau Berkow singen«, schlug Sterneck vor.

»Natürlich!« meinte der Major. »Für uns Deutsche ist eine Kahnfahrt ohne Gesang Sünde. Aber, gnädige Frau, ich bitte um etwas, das ins Blut geht, wie ganz heißer Kaffee, café double mit fine champagne.«

Mareile sang:

»O komm zu mir, wenn durch die Nacht
Wandelt der Sterne Heer,
Dann fährt mit uns, in Mondespracht,
Die Gondel übers Meer.«

Die eine Hand ließ sie leicht über das Wasser hinstreichen. Die Schmelzen ihres Kleides glänzten, als flösse dunkles Wasser an ihrer Gestalt nieder.

Sterneck wiegte sich vor Behagen. Tettau schwoll ordentlich vor Gefühlsseligkeit; sein gelber Kragen wurde ihm zu eng. Nur die beiden Frauen flüsterten und lachten. »Sieh die Augen des Majors«, sagte Ida, »sie sind so süß, daß sie kleben! Ach! Und mein Egon!« Eine Feindseligkeit gegen Mareile stieg in ihnen auf. »Wie sie den Zucker ausgießt; das ist schon dégoûtant«, sagte Ida bitter.

Das Lied war zu Ende. Günther erklärte, man müsse nach Hause. Er wollte Mareile, sein Wunder, das er die anderen hatte anstaunen lassen, wieder an sich nehmen; die begehrenden Augen der anderen Männer machten ihn nervös. Auf dem Heimwege flüsterte Günther Mareile zu: »Ich muß dich heute nacht sehen.« Mareile nickte. Die Feindseligkeit der beiden anderen Frauen bewog sie, zu dieser Unvorsichtigkeit ja zu sagen.

Im Gemüsegarten stand eine kleine Hütte, die zur Aufbewahrung von Gartengeräten, Blumentöpfen und Sämereien benutzt wurde. Dort trafen sich Günther und Mareile. Durch das kleine Fenster drang etwas Mondlicht in den Raum. Eine Fledermaus, die sich hier herein verirrt hatte, kreiste unablässig unter dem Dache. All das atmete schwere Traurigkeit, daß die Liebenden sich eng aneinander drängten, im Fieber der Sinne Schutz suchten.

Mareile jedoch fing an zu klagen. Jetzt also begann die Feindschaft derer, die in Reih und Glied stehen. Oh! Sie kannte das, wenn die Worte den Ton einer Türe annehmen, die höflich vor uns geschlossen wird. »Ja, häßlich ist es, hier unter ihnen zu leben. Ich betrüge sie, diese vornehmen Damen. Ja, wenn wir unsere Liebe so hinausschreien dürften, das wäre was, aber so.«

Günther ärgerte sich. Warum verdarb sie ihm die Liebesstunde. »Warum mußt du heute so sein?« sagte er traurig und enttäuscht; da weinte Mareile in ihrer stillen Art; die Tränen flossen reichlich, wie Kindertränen, aus den unbewegten Augen. »Verzeih!« sagte sie. »Aber heute ist alles so freudlos.« Dann schmiegte sie sich eng an ihn. »Nimm mich«, flüsterte sie. Das Mondlicht rückte langsam an der Wand hin; dann nach einer Weile, als Mareile hinschaute, war es fort; ein graues Licht drang durch das Fenster. Draußen ertönte ein fernes, gläsernes Klingen – die Lerche.

»Wir müssen heimgehen«, sagte Mareile. In dem verdrossenen Morgenlichte standen die Liebenden einander gegenüber, gramvoll wie zwei Sünder. In diesem Augenblicke lebte in ihnen nichts mehr von der Poesie ihrer Liebe. Schweigend gingen sie an den Gemüsebeeten hin, die grau vom Tau lagen; und sie lehnten sich in der Melancholie dieser Morgendämmerung aneinander, als beugte sie ein Gram. Günther war über die Hintertreppe in sein Zimmer hinaufgeschlichen. Trotz der frühen Stunde hörte er Schritte, ferne Stimmen im Schloß. Jetzt näherten die Schritte sich seiner Tür, Beate erschien auf der Schwelle in ihrem langen Nachtkleide. Sie war ruhig, ein wenig befangen. »Da bist du«, sagte sie, »ich war schon einmal hier.«

»Ich war draußen«, brachte Günther unsicher heraus, »die Nacht war schön. Ich konnte nicht schlafen.«

Beate unterbrach ihn, immer noch befangen, als wollte sie schnell über etwas hinwegkommen. »Ach so! Ja, aber die Mama ist krank. Es ist schlimm, glaube ich. Ich habe nach dem Doktor geschickt.«

Günther warf sich mit Eifer auf die praktische Frage. »Wer ist gefahren? Die Braunen soll man nehmen.«

»Frau Ziepe wollte das besorgen«, berichtete Beate.

»Frau Ziepe?«

»Ja, ich ließ sie wecken.«

Beate sprach leise, als wäre sie noch im Krankenzimmer, und sehr geschäftsmäßig, dann wandte sie sich schnell ab und ging. Günther stand mitten im Zimmer und sann. Es war ja doch möglich, daß er in der Nacht spazieren ging, nicht wahr? Aber Beates kaltes, scheues Gesicht? Und Frau Ziepe? War die nicht Mareile begegnet? ...Ach, diese verfluchte Welt! Jetzt kam das Krankenzimmer und Beates stillerstaunte Augen und Tante Seneïdes Todesbegeisterung, lauter Dinge, für die er nicht geschaffen war!

Ein Schlaganfall hatte die Baronin getroffen, und sie schwebte in ernster Gefahr. Die Gäste reisten ab. Beate und Seneïde gingen leise im Krankenzimmer ab und zu. In der Bibliothek saß der alte Hausarzt Doktor Joller, suchte in den Zeitungen nach neuen Gemeinheiten der Franzosen und wartete, daß er gerufen würde. »Hören Sie, Graf«, rief er den unstet durch die Zimmer irrenden Günther an, »die Natur unserer alten Dame – großartig! Die Nieren, die Lunge, das Blut – tadellos! Das ist Rasse! Ein Schlaganfall ist ein Unglück. Schließlich gehört der Tod auch zum Leben, nichts zu machen! Aber solche Nieren, solche Lungen mit ins Grab zu nehmen, da kann man stolz darauf sein. Die Verdauung und das Herz halten bei unseren Damen nicht weit. Der Magen muß alles aufnehmen, was Herr Miespeck kocht, und das Herz, das muß mit jedem Quark mitfühlen.«

»So, so, Doktor«, sagte Günther zerstreut und nahm wieder sein unruhiges Hin- und Hergehen durch die leeren, sonnigen Zimmer des neuen Flügels auf. Als er Mareile dort traf, sagte er flehend: »Ich muß wieder unsere Stunde dort – bei uns haben. Nur Krankenstubendämmerung ertrage ich nicht.«

»Ja, die müssen wir haben«, erwiderte Mareile ernst. So trafen sie sich in der Türkenbude.

»Zieh die Vorhänge vor das Fenster«, befahl Günther, »von draußen kommt Traurigkeit herein.« Die Liebenden drängten sich fest aneinander, sie wagten kaum, sich aus den Armen zu lassen, denn dann fielen unangenehme Gedanken sie an; Mareile sprach vom Schloß, von der Zukunft. Günther schloß müde die Augen. »Ach, so seid ihr Frauen. Für die Zukunft einhamstern. Was kommen wird? Ich weiß es nicht! Natürlich wird die Zukunft grau und unangenehm sein. Aber jetzt sind wir beieinander. Bitte, sei nicht bitter und enttäuscht und Mareile Ziepe! Nein, du findest heute nicht den Ton. Sprich heute nicht. Nimm dort das verstaubte kleine Buch und lies. Das sind Bücher, in denen frühere Mareilen gelesen haben, wenn sie hier auf Tarniffs warteten.«

Mareile nahm den kleinen Band zur Hand. Auf dem rosa Einband stand »Lucinde«. »Oh!« sagte Mareile. »Hier hat eine frühere Mareile etwas angestrichen.«

»Lies, lies.«

Mareile las: »›Vernichten und Schaffen, eins und alles; und so schwebe der ewige Geist ewig auf dem ewigen Weltstrom der Zeit und des Lebens und nehme jede kühnere Welle wahr, ehe sie zerfließt.‹« Mareile hielt inne. »Weinst du?« fragte Günther mit geschlossenen Augen. Neben ihm rauschte es. Mareile war am Ruhebette niedergesunken und legte ihren Kopf auf seine Brust. »Kühnere Welle«, wiederholte Günther wie im Traum.

Beate verließ das Krankenzimmer. Die Mutter schlief. Neben ihr, auf dem Sessel, das Gesangbuch aufgeschlagen auf den Knien, schlief auch Seneïde.

Beate ging in den neuen Flügel hinüber, durch die Zimmer, in denen die hübschen, blanken Dinge in dem klaren Septemberlichte das stumme, selbstzufriedene Leben der Sachen lebten, das traurige Menschen noch trauriger macht. Sie stellte sich an das Fenster und schaute in den Garten hinaus. Die grellen Herbstblumen brannten auf den Beeten. Der Buchsbaum war ganz blank in der Sonne. Dort unten, wo der wilde Wein am Holzbogen den Garten von der Wiese abschließt, tauchte ein Figürchen auf, hell und klein in der Ferne auf dem Hintergrunde des bunten Lebens. Mareile war es, in ihrem mattfarbenen Mantel, den gelben Hut auf dem Kopfe. Hübsch, dachte Beate, wie ein Laterna-magica-Bildchen auf roter Wand. Sie will wohl unten durch das kleine Tor hinaus in den Wald. Dann war sie fort; aber ein zweites Bildchen tauchte auf der roten Laubwand auf, klein und hell. Günther war es, im grauen Sommeranzug, den Strohhut auf dem Kopfe. Er will wohl unten durch das kleine Tor hinaus in den Wald, kommentierten Beates Gedanken mechanisch; dann gab es ein Stutzen in den Gedanken, ein hastiges Arbeiten. Mareile geht in den Wald hinaus. Günther folgt ihr. Also, sie treffen sich im Walde. Wie eine bestimmte Nachricht erreichte das ihr Bewußtsein. Schnell, wie nur ein Frauenverdacht sich ein farbiges Bild ausmalt, sah sie alles vor sich. Jetzt sind sie bei den Ellern, jetzt am Teich. Dabei fühlte es Beate: Das, was sie jetzt sah und ahnte, war nicht neu, lange schon hatte ein Wissen darum auf dem Grunde ihrer Seele geruht; alles, was dafür sprach, lag klar und scharf vor ihr, und sie ging es durch, wie eine Aufgabe, die sie schon einmal gewußt hatte. Sie hatte nur nicht sehen wollen, hatte den Kopf abgewandt und war an alldem vorübergeeilt, schnell und scheu, wie an einem Zimmer, in dem etwas Entsetzliches ihrer wartet. Aber jetzt – jetzt! Sie legte beide Hände an ihre Schläfen und zog sie mit einer Bewegung unendlichen Jammers langsam über die Wangen herab; dann holte sie geschäftig ihren Hut und Sonnenschirm und ging in den Garten hinunter, auf die kleine Pforte im Park zu. Fremdartige Gedanken kamen ihr während des Ganges und verlangten nach Worten, wie Beates Lippen sie nie ausgesprochen hatten; nichts war grausam und haßerfüllt genug. Und an dieser fremderregten Beate gingen die altbekannten Heimatbilder vorüber, als gehörten sie zu einem anderen Leben und zu einer anderen Beate: der Gemüsegarten, der Teich mit den kleinen, blanken Enten, vor der Schmiede stand Kaspar und ließ die alte Stute beschlagen. Vom Feldwege aus sah Beate Mareiles Hut und Günthers Gestalt im Walde verschwinden. Nein, ich habe sie nie lieben können. Immer war etwas an ihr, das mir gegen den Geschmack ging. Verlogen war sie und schlecht und grausam. Wie sie den armen Halm quälte und dann Hans Berkow – und jetzt Günther. Alle mußte sie haben. An Günther dachte Beate nicht, nur an Mareile, die sie betrogen, an Mareile, die sie gekränkt, an Mareile, die sie erniedrigt hatte. Was wagte diese Inspektorstochter? Ein Dienstbote mit Dienstbotenheimlichkeiten! Dabei schritt sie eilig vorwärts. Sie mußte jenen nach. Jetzt war sie im Walde. Über ihr rauschten Wipfel. Ein Häher stieß einen Ruf aus, als schrie er durch den Wald: »Sie kommt.« Da war die große Linie des Wildparkes, an deren Ende, mitten im grellblauen Wasser, die Türkenbude stand. Günther und Mareile waren fort. Beate blieb stehen. Eine plötzliche Erschlaffung kam über sie. Etwas raschelte neben ihr am Haselnußstrauch. O Gott! Nur jetzt kein Mensch! fuhr es Beate durch den Sinn, und sie errötete, als würde sie auf einer schlechten Tat ertappt. Unter dem Strauch am Boden hockte Eve Mankow. Das rote Haar flimmerte in der Sonne und hing wirr auf das breite, erhitzte Gesicht nieder. Natürlich, dachte Beate, die muß auch da sein. Die gehört ja auch zu dem Entsetzlichen, das ich erlebe. Eve streckte die

Hand aus, eine kurze, braune Hand, wie Beate deutlich bemerkte, an der die harte Haut glänzte. Sie wies auf das Häuschen im Teich. »Da«, sagte Eve kläglich, »da drin sind sie. Da sind sie immer. Ich weiß. Ich warte jeden Morgen hier.« Beates Blicke ruhten einen Augenblick auf dem Häuschen, in dessen Fenster ein verblichener, roter Vorhang wehte, dann kam eine große Angst über sie, Angst vor dem kauernden Mädchen, vor dem Häuschen mit seinem verhangenen Fenster. O Gott! Nur fort! Sie wandte sich und lief den Waldweg hinab. Erst am Waldrande blieb sie stehen, um Atem zu schöpfen. Sie lehnte sich an eine Tanne, glitt an dem großen, rauhen Stamme nieder und weinte, nicht das stille Weinen der Erwachsenen, es war das Weinen böser Kinder, das das Gesicht verzieht und entstellt, und dabei jammerte sie leise: »Was soll ich tun! Was soll ich tun!«

Als Beate in der Nacht am Bette ihrer Mutter wachte, legte die Kranke ihre Hand auf Beates Hand, eine Hand weich wie welkende Malvenblätter; und sie begann zu sprechen, leise und mühsam: »Beating – es kommt viel vor – ich weiß – nie fortgehen – nie. Die armen Männer sind so unruhig – ich weiß. Warten müssen wir – warten – sie kommen doch zu uns. Du glaubst nicht – wieviel wir – vergessen können. Und dann kommt Friede – ich weiß – ich weiß.« Die Stimme wurde schwächer, versiegte. Beate weinte, aber in ihr empörte sich etwas gegen die Worte der Sterbenden. Warten? Auf wen? Günther? Wußte sie denn, wer dieses Gespenst dort in der Türkenbude hinter dem verblichenen Vorhange war? Die anderen konnten kommen – und ihr ihr Eigentum und ihren Frieden nehmen, und sie mußte vergessen – warten? »Ich weiß – ich weiß«, hatte die Mutter gesagt. Hatte denn auch dieses Leben solche dunkle, unbegreifliche Stellen gehabt? Beate sah ihren Vater vor sich, den Greis mit dem strengen Elfenbeingesicht über der leichtgebeugten Gestalt. Eine etwas bedrükkende Luft von Ehrfurcht umwehte ihn. Die Kinder wurden in seiner Gegenwart still und scheu. Als er gestorben war, sprach die Mutter von ihm, »dem lieben Papa«, mit dem Stimmton, den sie sonst für heilige, sonntägliche Dinge hatte. Und doch! »Pfui!« sagte Beate vernehmlich in die Nacht hinein; dabei schreckte sie auf, sah das bleiche Gesicht in den Kissen an. Die Mutter lag mit offenen Augen da und schaute geduldig vor sich hin, wie Menschen es tun, die auf den Tod warten. Jetzt sagte sie etwas. Beate beugte sich vor. »Mareile – fort; es ist besser –«, sagte die Kranke und seufzte.

Beate lehnte sich in ihren Stuhl zurück. Mareile mußte fort, das war es. Morgen wollte sie sie fortschicken, fortjagen, wie einen Dienstboten, wie Amelie, und Günther sollte es wissen. Hier war wieder ein Wollen, ein Entschluß, auf dem Beate ausruhen konnte; sie brauchte nicht mehr ratlos um die Not herumzuirren. Das Blut der alten Rasse, die von Schonung und Zucht geschwächten Instinkte fanden nicht mehr die Kraft zu einem Zorn, der fortreißt und wohltut. Aber hier war ein Entschluß – etwas wie Pflicht und Ordnung schaffen, das beruhigte sie. Also morgen. Aber noch war es lange nicht morgen, noch brauchte sie nicht zu handeln. Sie schloß die Augen. »Warten, warten, ich weiß«, klang es ihr wie ein trauriges Wiegenlied in die Ohren. Ein Gefühl unendlicher Einsamkeit legte sich schwer auf ihre Seele. In der Müdigkeit der Nachtwache wurde das Gefühl zum Bilde: helles Nebelgrau über dem herbstlichen Garten und dem verlassenen Hause. Oben in dem grauen Himmel ein Zug Raben, große, schwarze Vögel, die unablässig ihre Kreise zogen. Und auf dem feuchten Wege, vom Nebel umsponnen, eine einsame Frau mit einem Kinde. Ja, das Kind! Wenn ihre Gedanken sich der kleinen, blonden Gestalt näherten, dann bekam das Leben wieder Gestalt und Sinn. Zuweilen horchte sie gespannt auf die Uhr, auf das geschäftige Ticken, das wie der Ton kleiner Füße klang, die eilig, eilig dem entsetzlichen Morgen zuliefen. Dann wurde das Licht der Nachtlampe blasser. Roter Schein drang durch die Vorhänge. Seneïde kam Beate ablösen. Beate ging in den Garten, schritt dort lange an der Buchsbaumhecke entlang, auf und ab. Als sie Mareile über den Hof kommen sah, kehrte sie in den Gartensaal zurück, bleich von ihren Kämpfen und Gebeten, die Hände voll feuchter, weißer Astern. Mareile wollte sich nach der Kranken erkundigen. In ihrem elfenbeinfarbenen Morgenkleide, rote Skabiosen im Gürtel, mit den gut ausgeschlafenen, klaren Augen, erschien sie Beate wie triumphierend in ihrer Kraft und Schönheit.

»Wie war die Nacht?« fragte Mareile.

»Ruhig«, erwiderte Beate und schaute auf die Astern nieder; als sie dann aufblickte, mußte Mareile etwas Seltsames in Beates Zügen gelesen haben, denn ihre Augen wurden groß und rund vor erschrockenem Erstaunen, und dann hatte sie verstanden. Die beiden Frauen, die ihre Kindheit miteinander verlebt, kannten die Bedeutung eines jeden Zuckens auf dem Gesichte der anderen.

»Du mußt fort, Mareile, gleich fort von hier«, sagte Beate scharf und kalt. Mareile breitete die Arme aus in einer großen, trauervollen Bewegung, wie nur sie sie wagen konnte; dann begann sie leise und schnell zu sprechen: »Ja, ich geh'. Das ist dein Recht. Das mußte kommen. Das ist dein Recht. Aber sieh, das kannst du nicht verstehen, in meiner Art hab' ich auch recht...«

»Bitte«, unterbrach Beate sie. »Sprich nicht. Ich ertrag' es nicht. Geh! Recht –! Eine wie du hat kein Recht.«

Mareiles Augen wurden durchsichtig und golden, dann wandte sie sich um und ging, sie lief fast aus dem Zimmer.

Gott, sind solche Augen entsetzlich! dachte Beate. So etwas, wie sie jetzt empfand, mußte derjenige fühlen, der zum ersten Male eine Wunde schlägt, wenn das fremde Blut warm über seine Hände fließt. Beate besorgte dann ihre Morgengeschäfte, prüfte den Speisezettel des Herrn Miespeck, sah nach Went, legte die Astern auf den Frühstückstisch; brachte die hübsche, harmonische Lebensmaschine in Gang. Endlich hörte sie die Türen gehen, hörte Günthers lustige Stimme. Er hielt Peter einen Vortrag. Ja, allen gehört er, dachte Beate, Eve und Mareile und Peter. Von allen will er bewundert und geliebt sein. Was war er? Ein Phantom, an das er selbst und sie, Beate, und die anderen glaubten und doch nicht zu fassen war. Bis in die Seele hinein fror es Beate bei diesem Gedanken. Günther kam.

»Guten Morgen, Herz«, rief er. »In der Nacht ist nichts passiert, hör' ich. Gott, siehst du bleich aus! Eine schöne, weiße Mumie.« Er beugte sich auf Beate nieder, um sie zu küssen. Jetzt, sagte sich Beate, und sie begann zu sprechen in dem harten, kalten Ton, der ihr selbst fremd klang: »Ich, ich wollte dir sagen, Mareile verläßt Kaltin, heut. Ich – ich habe sie fortgeschickt.«

Günther errötete, dann machte er eine Handbewegung, die »Nichts zu machen« bedeuten sollte. Es wurde still im Gemach; Günther schritt auf und ab. Er fühlte sich sehr elend. Er empfand Mitleid um sich, mit Mareile, mit Beate. Jetzt sprechen, viel sprechen, große Worte, die guten, pathetischen Klang hatten, bei denen sich weite Bewegungen machen ließen, eine Szene, das war die Rettung. »Ich frage nicht weiter. Du mußt vielleicht so handeln. Dir scheint es wohl, als sei dir großes Unrecht geschehen. Was?« Beate schwieg. »Gut! Ich bin im Unrecht, ich gestehe es zu. Einer gewöhnlichen Frau hätte ich nichts mehr zu sagen. Von dir kann ich verlangen, daß du mich trotz allem auch verstehst.«

Beate zog die Augenbrauen empor und sagte: »Ich bin eine gewöhnliche Frau. Ich versteh' dich nicht.«

Günther wurde durch den Widerspruch wärmer: »Doch, doch! Du verstehst mich. Du weißt, daß ich dich liebe, wie du bist und weil du so bist, und daß ich zuweilen Sehnsucht haben kann – nach – nach heißem Blut – nach Leidenschaft – nach – nach... nun, mein Gott, nach allem, was du nicht geben kannst und sollst.«

Das Blut stieg Beate in das schmale, kummervolle Gesicht. Ihre Augen wurden feucht und böse. Sie sprach heiser und mühsam: »Und wer... wer sagt dir – daß ich nicht auch heißes Blut habe... daß ich nicht auch...«, sie kam nicht weiter. Mit beiden Händen bedeckte sie ihr Gesicht. Sie schämte sich. Die arme geknechtete, verleugnete Sinnlichkeit wollte sich wehren, aber sie schämte sich davor, sich selbst zu bekennen. Beate weinte: »Sprich nicht. Ich kann es nicht hören. Was soll ich tun!« klagte sie.

»Soll ich gehen?« fragte Günther kleinlaut. Beate nickte. Da verließ er das Gemach, leise, als fürchtete er einen Schläfer zu wecken.

An einem nebelgrauen Oktobermorgen starb die alte Herrin von Kaltin. Beate kniete bleich und tränenlos am Bette der Sterbenden. Günther stand mit gebeugtem Kopfe am Bettende. Seneïde kniete mitten im Zimmer, die Hände betend erhoben. Große Begeisterung schüttelte ihren Körper. Die Nähe des Todes berauschte sie. Die Türen zu dem Saal nebenan standen weit offen, und dort knieten die Dienstboten des Hauses. Alle waren sie da, die breiten, ruhigen Gestalten mit dem schläfrigen Ausdruck, den große Andacht den Gesichtern der Leute aus dem Volke zu geben pflegt. Ab und zu schlich der eine oder der andere an die Tür, um neugierig auf die alte Frau zu sehen, die atemlos dort ihre letzte Arbeit verrichtete.

Wie schwere, feierliche Traurigkeit lag es in dieser ernsten

Stunde über dem alten Schloß, über den leeren Zimmern, über Garten und Hof, die wie verlassen schienen; selbst die Hunde, von der Stille und Leere ringsum traurig und schläfrig gemacht, streckten sich seufzend auf der Freitreppe aus.

Zehntes Kapitel

Beate war im Schlosse mit ihrem Kinde allein. Günther war in Berlin. Er hatte es zu Hause nicht ausgehalten. Schuldgefühl, eine ergebene, bleiche Frau, Traurigkeit in allen Winkeln, das war mehr, als er ertragen konnte. Dazu das quälende Verlangen nach Mareile. Jeder Nerv in ihm hungerte nach ihr. Ein Narr wäre er, wollte er so weiter leben! Er rief Peter und ließ die Koffer packen. »Mach' schnell«, befahl er, »morgen um sieben Uhr dreißig geht's nach Berlin!«, und seine Stimme klang wieder hell und lebenslustig.

Seneïde mußte in eine Heilanstalt gebracht werden. Die Aufregung der letzten Zeit war zu stark für ihre kranken Nerven gewesen. Sie fühlte die Krankheit nahe, etwas Dunkles, Unheimliches, das sich eng um ihr Bewußtsein zusammenschob. Hilflose Angst lag in ihrem Blick. Unablässig ging sie in dem großen, leeren Ahnensaal auf und ab. Beate hörte beständig den rastlosen Schritt, begleitet von dem leisen Rauschen der Schleppe des langen Trauerkleides, und die klagende Stimme, die Bibelsprüche hersagte: »Laß mich eine kleine Weile, daß ich ausweine meinen Schmerz, ehe ich in das Land gehe, da es stockdickfinster und Nacht des Todes ist.«

Eines Morgens hielt die große, schwarze Kutsche vor der Tür. Frau Bier stand auf der Treppe und wartete auf Seneïde, um sie fortzubringen. Seneïde ließ sich teilnahmslos zum Wagen führen. Nur als ihr Blick auf Beate fiel, murmelte sie klagend: »Beating – bleibt allein im Sturm. Beating bleibt allein in der Wüste. Armes, armes Beating.«

Das Leben im Schlosse ging seinen gewohnten Gang. Beckmann schmückte den Eßtisch wie einen Altar. Miespeck klopfte seine Steaks und spielte die Flöte. Die Hunde lagen auf der Hoftreppe und schauten die Allee hinunter, ob nicht Besuch käme. Wenn Beate sich im Eßsaal fröstelnd zu ihrem Mahle niedersetzte, von Beckmann bedient, dann hätte sie sich vor sich selber fürchten können, so gespenstisch erschien ihr alles. Am Tage, im nüchternen Lichte, unter den gewohnten Beschäftigungen, da konnte das Weiterleben noch als selbstverständliche Sache erscheinen; aber es kamen die Abende, wenn die Stimmen im Hause verstummten, draußen der Hofhund in die Nacht hinausbellte und die Möbel in den Zimmern leise zu knacken begannen, als flüsterten sie miteinander; dann erwachte in Beate wieder das ermattende, unfruchtbare Herumraten an ihrem Schicksal. Warum mußte das sein? Warum wurde *ihr* alles genommen? Ihre Jugend bäumte sich gegen ihr Schicksal auf. Sie wollte jung sein, leben – wie die anderen. Die anderen, die mit dem heißen Blut, die, von denen Günther gesprochen hatte, die durften rücksichtslos lieben und genießen und sündigen. Sie begann in ihrer vor Einsamkeit fiebernden Seele gegen die Gesetze sich aufzulehnen, unter die sie sich ihr ganzes Leben hindurch gebeugt. Alles, nur dieses stumme Verkümmern nicht! Und doch, wenn ihr Körper nach Günther verlangte, nach ihm schrie, dann hätte sie ihn schlagen mögen. Wie die Even, die Mareilen sollte ihr Körper nicht fühlen. Und all das kam wunderlich deutlich mit Stimmen, Bildern, Gesichtern; es sprach und rief und stritt in ihr, bis sie todmüde, als käme sie aus einem Kampfe, ihr Zimmer aufsuchte, um schwer und traumlos zu schlafen.

Der November brachte starken Frost. Das Land war wie von Glas umsponnen. Die Bäume bogen sich unter der Kristallast. Der Gärtner band Seile an die Obstbäume und ließ sie von den Dorfbuben schütteln, dann regnete es klirrend von den Zweigen. Alles atmete auf, als Schnee kam. Die weiche, weiße Decke war doch behaglicher als die blanke Glaswelt.

Eines Tages hielt der Schlitten der Gräfin Blankenhagen vor dem Schloß. Die Gräfin selbst und die Fürstin Elise entstiegen ihm. Die lange, bedeutungsvolle Umarmung der Fürstin verletzte Beate. Sie war heute der Gräfin Blankenhagen für ihre laute, burschikose Lustigkeit dankbar. Man sprach von der Nachbarschaft. Immer noch wurde in Grumbnitz schlecht gewirtschaftet, immer noch war Frau von Hallen auf Ternin eine geborene Lehmann, immer noch fand Frau von Scharf für Agnes keine Partie. Nach dem Diner setzte die Gräfin sich an das Klavier. Sofort griff die Fürstin Elise nach Beates Hand, ihre Augen wurden feucht, und sie flüsterte leidenschaftlich: »Meine Beate! Glaubst du, ich – – wir alle – könnten das ruhig mit ansehen, was hier vorgeht?«

»Ihr?« wiederholte Beate. Alles in ihr schloß sich vor dieser Berührung, alles in ihr rief: »Wache stehen! Niemand einlassen!«

»Du weißt«, fuhr die Fürstin fort, »nächst dir leide ich bei alledem am tiefsten. Aber Leiden! Mein Gott! Die kann keiner uns abnehmen. Nicht wahr, mein Herz? Aber hier... nein, sage nichts! Wir wissen, was hier vorgeht.«

»Was wißt ihr?« fragte Beate feindselig. Sie entzog der Fürstin ihre Hand, rückte von ihr fort. Die Fürstin weinte. Aus ihren hellblauen Augen rannen schnell kleine, blanke Tränen. »Was Schmerz ist, das weiß ich«, meinte sie. »Enttäuscht werden ist ja mein Gewerbe. Aber davon ist jetzt nicht die Rede. Dir helfen, das ist jetzt unsere Aufgabe. Hier, in der ganzen Gesellschaft sehen wir deine Sache als unsere Sache an. Wir stehen alle auf deiner Seite, da kannst du ruhig sein. Auch alle unsere Herren. Blankenhagen sagte gestern: ›Der Tarniff muß zur Ordnung gerufen werden.‹ Glaub' mir, etwas gesellschaftlicher Druck richtet viel aus. Das verstehen die Männer. Ich sag' dir, Beating, Mitleid für dich und Entrüstung gegen die anderen sind jetzt sozusagen die Leidenschaften unserer Gesellschaft. Von nichts anderem wird gesprochen.«

Beate kniff die Lippen fest aufeinander und machte ein böses Gesicht. Sie hörte mehr den eignen grollenden Gedanken als dem zu, was die Fürstin sprach. Was wollten all diese Menschen mit ihrem schamlosen Mitleid? Warum ließen sie sie nicht in Ruhe? Kannten sie denn nicht die Keuschheit der großen Leiden? Wußten sie denn nicht, daß nur die niedrigsten Menschen am Wege sitzen und den Vorübergehenden ihre Wunde zeigen? O Gott, wären sie doch fort, diese mitleidigen Seelen!

»Wenn du willst, mein Herz«, klang wieder der Fürstin bedauernde Stimme an Beates Ohr. »Wenn du willst, so bleib' ich bei dir. Oder du kommst zu mir mit deinem Jungen. Aber fort mußt du von hier. Es wird noch alles gut. Wir werden dich schon verteidigen.«

Beate fuhr auf. Sie wurde ganz heiß vor Zorn. »Nein, Elise, wir verstehen uns nicht. Fort soll ich aus meinem Hause? Warum? Mich wollt ihr verteidigen? Gegen wen? Mich braucht niemand zu verteidigen. Mich kann niemand verteidigen.«

»Beating – Herz – so versteh' doch!« warf die Fürstin ein, aber Beate wollte nicht verstehen. »Was ihr wißt und sprecht, weiß ich nicht. Ihr könnt und sollt nichts wissen. Weil ich vielleicht leide, glaubt jeder die Finger in das Wasser stecken zu dürfen, das ich trinken muß. Ich brauche keinen. Ich habe niemand gerufen. Ich – ich will allein sein.« Schnell und leise die Worte hervorzustoßen tat wohl. Die Fürstin machte ein erstauntes und empfindliches Gesicht; als Beate jedoch schwieg, schmiegte die kleine Frau ihren Kopf verschüchtert an Beates Schulter.

»Ja – ja, Beating«, flüsterte sie, »ich weiß – ich weiß – so bist du – so mußt du sein.«

Als die Damen fort waren, begab Beate sich in den alten Flügel zurück, und ihre Einsamkeit erschien ihr heute wie eine Zuflucht.

Elftes Kapitel

In Berlin wohnte Günther bei seinem Oheim, dem alten Grafen Eberhardt von Tarniff. Der Greis war ganz vereinsamt, dazu halb gelähmt. In einem Rollstuhl ließ er sich in den Zimmern und Korridoren seines Hauses in der Wilhelmstraße umherfahren, oder er saß am Fenster und schaute hämisch und unzufrieden auf die Straße hinab. Er hatte das Leben genossen. »Was an Pläsier zu haben war, nahm ich mit«, pflegte er zu sagen. Jetzt war die Welt langweilig. Die Jungen waren Duckmäuser und taten nichts, worüber die Alten einmal lachen konnten. »Na, der Günther«, meinte er, »der stellt noch hin und wieder was an, über das es sich zu reden lohnt.«

Jetzt war Günther der Gast seines Oheims, nachdem er für zwei Monate verschwunden gewesen war. Man wollte ihn in Cannes, in Biarritz mit der schönen Frau Cibò-Berkow gesehen haben. Allerhand Gerüchte über ihn und Mareile beschäftigten die Berliner Gesellschaft sehr stark.

Mareile nahm eine Wohnung in der Bülowstraße. Ihre vornehmen Verbindungen hatte sie vergessen, als wären sie nie dagewesen. Sie wollte jetzt nur ihrer Kunst und ihrer Liebe leben. Eine frische, friedliche Luft sollte sie umwehen. Nichts von der schwülen Luxusatmosphäre der Damen, die außerhalb der Gesellschaft stehen. Günther, ja, auf den war ihr Leben jetzt gebaut. Ihn behalten war ihre Aufgabe, denn sonst hatte alles, was sie getan und gewagt, keinen Sinn. Und sie verstand zu halten, was ihr gehörte, mit dem zähen Eigentumsgefühl der Bauern, ihrer Vorfahren. Noch war sie jedem Nerv, jedem Blutstropfen in Günther ein Lebensbedürfnis. Aber schon der Gedanke, daß das anders kommen könnte, nagte in schlaflosen Nächten an Mareiles selbstbewußtem Herzen.

Günther lebte in dem grauen, herbstlichen Berlin ein wildes Junggesellenleben, das ihm selbst zuwider war. Allein, was sollte er mit einem Leben anfangen, in welchem er weder rückwärts noch vorwärts zu schauen wagte? Er spielte und trank. Der einzige Zweck dieses Daseins war Mareile. Sie war für ihn das wirkungsvollste Betäubungsmittel. Er liebte sie, wie wir unsere Sünde lieben, und es kränkte ihn, daß sie ruhig, stark, harmonisch sein wollte. Krank am Leben, wie er, sollte sie sein. Sie sollte sich für ihn verderben, wie er sich für sie verdarb.

»Ich weiß nicht«, sagte er eines Nachmittags, als er in Mareiles Wohnzimmer saß und verstimmt auf die Straße hinabschaute, »zuweilen ist's bei dir so – so –«

»Sag's nur«, meinte Mareile und lächelte. Ihr Wollkleid in sterbendem Grün, mit großen, fliederfarbenen Mohnblüten gemustert, stimmte hübsch zu dem verschleierten Novembertage. Günther suchte nach dem rechten Wort. »Wie – wie ein Sonntagnachmittag bei einer Majorswitwe.« Er wollte Mareile ärgern, aber sie strich ihm nur leicht über das Haar und sagte: »Du Armer!« Das machte Günther weich.

»Ach, wollen wir fortgehen – irgendwohin, wo es still und heiß und blau mit Gold besetzt ist.«

Mareile schüttelte den Kopf.

»Warum?« fragte er böse.

»Weil ich arbeiten muß«, meinte sie.

»Arbeiten? Warum?«

»Um Geld zu haben.«

»Geld? Warum nimmst du nicht meines?«

»Weil ich eine selbständige Welle bin, wie das alte Buch in der Türkenbude sagt.«

Günther seufzte: »Die Liebe müßte eine schöne, tödliche Krankheit sein. Man liebt sich – und man weiß – das Ende kommt dann und dann – und die Liebe wird immer hastiger – man hat Eile, sie ganz zu genießen. Nur noch zwei Tage – noch eine Nacht. Aber so...«

Mareile setzte sich auf Günthers Schoß. Er tat ihr leid, und doch freute sie sich daran, wieviel stärker sie als dieser Mann war und wie fest sie ihn hielt. Das machte ihn ihr noch lieber. »Warum«, sagte sie und lächelte noch immer, als spräche sie freundlich zu einem Kinde, »warum soll die Liebe nicht das Leben sein? Sie ist da. Wir gehen unseren Geschäften nach – leben unseren Werktag – aber wir wissen, sie ist da – sie wartet auf uns. Erinnerst du dich des Gefühles, das wir am Sonnabendnachmittag hatten?«

»Ja – ja – das war famos!«

»Sieh – so 'n Gefühl gibt die Liebe dem ganzen Leben, immer wartet ein Festtag auf uns.«

»Ja, aber dann, die verfluchten Sonntagabende«, wandte Günther ein. Seine trübe Laune wollte nicht weichen. »Ja, ihr seid klug, ihr Ziepes. Man tut seine Arbeit, hat seinen Bechstein, sein Galléglas, seinen Grafen, seine Liebe, Ordnung muß sein.«

Mareile erwiderte nichts, sie wand nur ihre Arme fester um Günthers Nacken und küßte ihn, küßte ihn so lange, bis seine Augen wieder den glücklichen Glanz eines süßen Rausches annahmen. Das war ihr letztes Argument gegen seine bösen, schwarzen Stunden.

Da kam ein Ereignis, das Günther ein wenig anregte. Eines Abends setzte er sich im Klub in das Kaminzimmer zu den alten »Junggesellen«. Graf Halken, Major von Tettleben, Baron

Schibowitz; ältliche Herren, die es liebten, in der Kaminecke Böses von den Weibern zu reden. Günther saß hier in sich gekehrt und hörte den verblichenen Abenteuern der alten Schwerenöter zerstreut zu. Aus dem Spielzimmer schlenderte der Fürst Kornowitz heran, lehnte sich an den Kaminsims und schien in seiner teilnahmlosen, gefrorenen Art dem Gespräche zu folgen. Tettleben besprach einen traurigen Fall, der gerade in der Lebewelt Aufsehen erregte: »Die berühmte ›blonde Mary‹. Sie wissen, die mit dem Botticellikopf – hatte Wechsel, die ein Husarenleutnant ihr ausgestellt, brutal beigetrieben. Der junge Mann hatte sich eine Kugel vor den Kopf geschossen. Na – ja – natürlich, was soll er tun? Immer das bekannte Geschäft von Abraham und Moses, Wechsel – und prolongiert – und wieder Prozente – und dann wird die Falle zugeklappt, und aus ist's. Und mit den Engelaugen ist das anders mörderisch als bei Abraham und Moses – was?« Die Herren schüttelten die Köpfe: »Nein, so was!« – »Was sagen Sie dazu, lieber Fürst? Saftiges Frauenzimmer das!« – »Ich?« meinte der Fürst. Er sprach leise und heiser, als kümmerte es ihn nicht, ob die Hörer ihn verständen oder nicht. »Die jungen Herren haben die Damen, die sie verdienen. Moses und Abraham sind ja auch, wie diese Herren sie brauchen. Da scheint mir alles in Ordnung. Nur, wenn so edlere Frauengestalten in die Hände unserer kleinen Lebemänner fallen, dann ist's ärgerlich. Und das kommt vor. Sie werden bemerkt haben, daß Hunde sich mit Vorliebe die schönsten Statuen aussuchen, um stehen zu bleiben und das Bein aufzuheben.«

»Nein, das hab' ich noch nicht bemerkt«, murmelte Graf Halken verwirrt. Keiner wußte was mit diesem Ausfall anzufangen. Als Kornowitz der Gesellschaft den Rücken wandte, um langsam in das Spielzimmer zurückzukehren, folgte Günther ihm hastig. »Wissen Sie, Fürst«, begann er, »Ihr ethischer Vortrag da eben hat mir nicht sonderlich gefallen.«

»Das ist wohl möglich«, erwiderte der Fürst. Das bleiche Gesicht mit den Zügen, die scharf wie die eines Leichengesichtes waren, blieb regungslos, die bleifarbenen Augen sahen Günther teilnahmlos an.

»Wie meinen Sie das?« fuhr Günther auf.

»Ganz, wie es beliebt«, sagte Kornowitz und setzte seinen Weg zum Spielzimmer fort. Günther schaute dem gebeugten Rücken mit den zwei blanken Kammerherrenknöpfen am Frack mit einem Gefühle des Hasses nach, das in seiner Energie wohltat und erwärmte. Dann mußte er Sterneck und Tettau aufsuchen, um sie zum Fürsten zu schicken. Das Beraten und Besprechen, die Beschäftigung mit den hübschen, handlichen Gesetzen des Ehrenhandels waren für Günther ein Genuß. All das gab dem Leben wieder Gehalt, verlieh Mareile, Günther selbst, seiner Liebe neuen Wert.

Den Abend vor dem Duell war Günther bei Mareile ausgelassen wie ein Knabe; dann kam eine angenehme, weiche Stimmung über ihn. »Setz' dich dort auf den Sessel«, sagte er und ließ die goldene Schnalle an Mareiles Gürtel springen. »Ganz wie in der Türkenbude. So. Die Füße auf den Schemel. Hier sind rote Rosen, die kannst du wieder zerpflücken. Dann hängen die Blätter wie Blutstropfen an dir. Ja – so. Und ich liege hier.« Er streckte sich auf den Teppich aus, streichelte die nackten Füßchen mit den Goldreifen. »So ist es gut.«

»Ist etwas geschehen?« fragte Mareile. »Du bist heute anders. Nicht, Liebster? Als wäre etwas Schweres von dir abgefallen. Ja – wirklich – heut ist es wie dort in Lantin.«

»Ja – ja!« meinte Günther. »Es gibt Festzeiten – und wieder Alltagzeiten mit der endlosen Reihe der langweiligen Trinitatissonntage. Unsere Liebe hat eben einen Festtag. Das ist doch nicht so wunderbar. Nun, reg' dich nicht. Bleibe so. Gott! Du wirkst auf mich heute so mächtig – ich ertrage es kaum. Von dir strömt es in mein Blut hinein, immer heißer – das schmerzt, so schön ist das. Sag' – schmerzt es dich auch, all diese heiße Kraft auszugießen – sag' –«

»Ja – ja«, flüsterte Mareile. »Nimm, nimm alles!« Sie beugte sich über ihn und küßte ihn mit den Frauenlippen, die in der höchsten, hingebenden Erregung wie heiße Rosenblätter werden, als sei die Haut, die das Blut umschließt, zu einem feinen, kaum merkbaren Schleier geworden.

Frühmorgens weckte Sterneck Günther. Günther streckte sich. »Schon Dienst?« fragte er.

»Ja, Fürstendienst«, meinte Sterneck.

»Ach ja, unser Fürst! Mir wird sein, als müßte ich auf ein Ahnenbild schießen.«

Der Reif lag wie feine Asche auf den leeren Straßen, die Günther und Sterneck durchfuhren. Die Kähne standen auf der Spree im Nebel groß und schwarz auf einem Tintenfluß. Fröstelnd drückte Günther sich in die Wagenecke. Die leeren Straßen waren ihm zuwider; er wünschte schon draußen in der Vorstadt zu sein, wo die Leute auf sind, wo die Milchwagen und Gemüsekarren über das Pflaster rattern. Günther sah Kaltin vor sich, sehr deutlich, mit dem gelben Sonnenlicht auf den Fenstern, die Levkojenbeete des Gartens, Beate in einem weißen Kleide, einen Strauß Astern in der Hand. Sterneck sprach von Dachsbauen und Teckeln. Jetzt fuhren sie langsam durch den Sand. Die Luft wurde freier und schneidender.

Am Waldrande standen die Wagen der anderen Herren. Tettau mit zwei Ärzten, der Fürst mit Graf Halken. Ein wenig mißmutig hüllten sie sich in ihre Mäntel, wie Leute, die nicht ausgeschlafen haben. Man begab sich in den Wald. Als die geeignete Stelle gefunden war, begannen die Herren die Entfernung zu messen. Günther saß wartend auf einem Baumstumpf. Vor ihm, auf einer Föhre, hockte ein Eichhörnchen. Das spitze, kleine Gesicht mit den roten Püscheln an den Ohren blinzelte freundlich und ironisch auf Günther nieder. Das machte ihm Spaß. Endlich meldete Sterneck, alles sei bereit. Günther legte seinen Mantel ab. »Der da«, meinte er, »wird sich wundern, was wir mit unseren Dummheiten bei ihm wollen.«

»Die Eichkatze da?« fragte Sterneck. »Na, die haben auch ihre Affären. Jeder Kreatur ihre Mensur.«

»Das ist ja 'n Vers!«

»Teufel, ja! Das kommt mir so zuweilen.«

Die Herren stellten sich auf ihre Plätze. Ein jeder dachte in diesem Augenblicke nur daran, die Zeremonie möglichst korrekt zu erledigen. Während der Unparteiische Probe zählte, sah Günther den Fürsten an. Das Gesicht war aschfahl wie immer, die Augen sahen teilnahmlos und schläfrig vor sich hin, die Lippen bewegten sich kaum merklich. Sollte er gerade eine Pfefferminzpastille saugen, wegen seines schlechten Magens? dachte Günther und nahm sich vor, später mit den Kameraden darüber zu lachen. Jetzt das Kommando – aufgepaßt. Günther wollte eben abdrücken und zog die Pistole an dem dünnen Bein des Fürsten entlang, als er den schwachen Knall der Pistole seines Gegners hörte; zugleich traf ihn irgendwo ein Schlag. Was nun? dachte er, jetzt nur stehen bleiben – – – Jemand, sehr weit schien ihm, fragte: »Wo sitzt es?« Günther antwortete, aber seltsam, seine Stimme hatte keinen Klang. Dann war es, als schneite es, große, sehr blanke Flokken fielen nieder – immer schneller – immer schneller...

In dem Tarniffschen Hause in der Wilhelmstraße lag Günther krank. Die Kugel war auf der Seite in den Körper gedrungen. Die Ärzte erklärten den Fall für bedenklich. Der Kranke lag in hohem Fieber. Wirre Vorstellungen hetzten ihn; wie Sträflinge, die ihren Wärter besiegt haben, schlüpften sie aus den verborgensten Winkeln des Gehirns hervor, riefen durcheinander, stritten sich. Rätsel gab es, die gelöst sein wollten und doch unlösbar waren. Und all das hatte Eile, das wogte und drängte. Dann plötzlich wurde es still. Günther sah das Zimmer mit der grünverhangenen Lampe, auf dem Sessel nebenan saß ein fremdes, schwarzes Figürchen mit einer weißen Haube. »Ist es Nacht?« fragte er. »Abend«, antwortete eine fremde, sanfte Stimme. Das schwarze Figürchen kam und gab ihm etwas zu trinken. Günthers Blicke irrten im Zimmer umher. »Ja – Wilhelmstraße – Berlin«, sagte die fremde Stimme. »Ja – Berlin«, wiederholte er matt und wie enttäuscht.

Denselben Abend, als der alte Graf Eberhardt sich im Rollstuhl den hellerleuchteten Korridor auf und ab fahren ließ, was er seine Motion nannte, ließ sich Frau Cibò-Berkow melden. Das erfreute ihn. Er empfing Mareile mit seinem liebenswürdigen, lange nicht gebrauchten Lebemannslächeln: »Welche Ehre, meine Gnädige! Ich weiß, der Besuch gilt nicht mir altem Krüppel, aber man profitiert, wo man kann.«

»Ich wollte Nachricht von Ihrem Neffen«, sagte Mareile geschäftsmäßig.

Der Graf lächelte galant: »Beruhigen Sie sich, meine Gnädige, wir liefern ihn Ihnen schon wieder neuaufpoliert ab. Vorlaut sind unsere jungen Leute genug, aber daß sie uns alten das Sterben wegschnappten, das hoffe ich doch nicht.«

»Ich will ihn sehen«, versetzte Mareile. Der Graf kicherte: »Na, jetzt wird er sich nicht besonders präsentieren.« Aber Mareile wiederholte ernst: »Bitte, ich will ihn sehen.«

Der Graf wurde ärgerlich. »Ja, ja, das Sentiment ist jetzt Mode. Na, schließlich ist's Ihr Drama, Sie sind sozusagen die Verfasserin – ha – ha. Johann, führe die gnädige Frau hinauf.«

Im Krankenzimmer herrschte Dämmerlicht. Es roch nach Jodoform. Mareile atmete beklommen. Das waren Licht und

Luft, in denen sie am schwersten zu leben vermochte. Die Diakonissin sagte vorwurfsvoll: »Er schläft.« Mareile nickte und setzte sich auf einen Stuhl neben dem Bette. Im Zimmer herrschte wieder die schwere, drohende Stille. Das schmale, weiße Gesicht in den Polstern erschien Mareile so fremd. Sie weinte leise; sie sehnte sich nach dem ihr bekannten Günther, nach seinem hübschen, leichtsinnigen Gesichte... Diesen Günther mußte sie wieder haben, sie hatte ihn sich mit aller Rücksichtslosigkeit gegen andere und gegen sich selbst erkämpft. Wurde er ihr genommen, was war ihr Leben dann? Etwas Formloses, etwas, das schweigt und droht, wie diese Krankenstube. Er mußte leben. Sie fühlte es körperlich, wie ihr Lebenswille auf den bleichen Schläfer überströmte, warm, stark, als brächen in ihr die heißen Bäche des Lebens auf, um ihn zu überschwemmen. Günther regte sich. Mareile beugte sich auf ihn nieder. »Willst du trinken?« fragte sie. Er nickte. Seine Augen sahen mit dem müden, freudlosen Blick der Kranken vor sich hin, ohne Mareile zu erkennen. Sie gab ihm zu trinken. Das Rauschen des Kleides, der Orchideenduft mußten ihm auffallen, er sah Mareile an. »Ja, ich – ich bin's«, flüsterte sie. Sie beugte ihr Gesicht nah auf das seine nieder, strahlte ihn mit ihren Augen an, ungeduldig, ihn aus der Ferne seiner Träume zurückzuholen. »Mareiling«, sagte er und lächelte matt; aber gleich wieder schloß er die Augen, und das Gesicht nahm wieder den ältlichen, mißmutigen Ausdruck an; dabei rückte er ein wenig von Mareile fort.

Die Nachtstunden verrannen. Die Straße war verstummt. Die Uhren schlugen durch das stille Haus. Es mochte vier Uhr sein, als Günther wieder zu trinken verlangte. Mareile bediente ihn. Günther sagte etwas, Mareile verstand ihn nicht. »Was sagst du, Liebster?« mußte sie fragen; da wiederholte er es ungeduldig: »Ist Beate noch nicht da? Warum kommt sie nicht?« Da Mareile nicht antwortete, ließ er mutlos und enttäuscht seinen Kopf zurücksinken und schloß die Augen. Als der Morgen über den Dächern zu grauen begann, stahl Mareile sich lautlos aus dem Krankenzimmer. Was half es ihr? Nahm der Tod ihn nicht von ihr, so tat es das Leben; sie mußte der anderen Platz machen.

Beate saß unterdessen im Wagen des Zuges, der sie nach Berlin brachte. Es war heiß und beklommen darin. Hinter den befrorenen Fensterscheiben stand eine schwarze Nacht, in welche die Lokomotive ihre Wolken goldener Funken hinauswarf. Zwei ältliche Damen im Coupé sprachen von einer Bertha, einem Schwiegersohn, der eine Emilie nicht verstand.

Gleich nach Empfang des Telegramms, das Günthers Verwundung meldete, war Beate abgereist. Günther war krank – sie mußte zu ihm, das war klar und selbstverständlich; hier brauchte Beate nur mit Mitleid und Pflicht zu rechnen, und das verstand sie. Jetzt, in der Stille dieser Nachtfahrt, aber wagten sich seltsame Gedanken hervor. Sie waren schlecht, und Beate fürchtete sich vor ihnen – allein, sie waren da und gehörten zu ihr. Stirbt Günther, dann – ja dann war ihr Leben wieder verständlich und klar. Wents Leben drohte kein Schatten mehr. Sie floh vor diesem Gedanken; aber er kam immer wieder. Das Stampfen des Zuges sprach davon, deutliche Bilder kamen; der Katafalk im Ahnensaal, Blumen, Kerzen, deren Flammen bleich und durchsichtig im weißen Schneelichte standen, das durch die hohen Fenster einfiel. Sie selbst im Trauerkleide, Went auf ihren Knien, einsam in dem alten Kaltin, das wieder seinen Frieden und seine Heiligkeit zurückgewonnen hatte. Beate fuhr auf. Gott, was war es denn, das in ihr so denken, so fühlen durfte? Aber kaum schloß sie die Augen, so kamen die Bilder wieder.

Frühmorgens langte Beate in Berlin an. Im Hause in der Wilhelmstraße schlief noch alles. Sie ließ sich in das Krankenzimmer führen, und dort, auf demselben Stuhl, den Mareile eben verlassen hatte, wartete sie auf Günthers Erwachen. Als er seine Augen aufschlug, sah er Beate an, anfangs teilnahmlos, dann jedoch kam ein zufriedener Ausdruck in das hagere Gesicht. »Näher«, flüsterte er, seufzte einen tiefen Seufzer der Erleichterung und drückte seinen Kopf tiefer in die Kissen, als könnte er nun ruhig einschlafen. Beate rückte näher heran. Alles Fremde in ihr war fort. Ihre Seele wandelte wieder auf bekannten, reinen Pfaden.

Günthers Krankheit zog sich lange hin. Die Ärzte fürchteten die Folgen der Verwundung. Günther nahm Beates Pflege freundlich und wie etwas selbstverständlich ihm Zukommendes entgegen. Das Leben ging wieder seinen hübschen, geordneten Gang. Stundenlang, wenn sie Günthers Schlaf bewachte, konnte Beate müßig in das Flirren der großen, weißen Flocken hinaussehen. Die weiße Decke, die sich über die große Stadt breitete, gefiel ihr, so wollte sie es, kühl und rein; verwischen und verdecken. Mädchenträume von Liebe und Glück, einst beunruhigend wie Frühlingsnächte, schienen jetzt sehr fern. Sie wollte sichere, reine Wege, wollte die Luft, die zu atmen sie gewohnt war.

Als nach einigen Wochen das Ehepaar Tarniff von der Kaltiner Station nach dem Schlosse fuhr und die erleuchteten Fenster zwischen den verschneiten Bäumen in der Winterdämmerung ihnen entgegenleuchteten, da war es Beate, als hörte sie die Stimme ihrer Mutter, die mühevolle Stimme der Sterbenden, die die Worte eintönig und langsam sich folgen läßt, als spräche sie mit jemandem, der weit fort ist. »Warten – warten – sie kommen zurück.« So war es. Er war gekommen, wund, vom Leben besudelt und gebrochen.

Es war Frühling geworden. Günther saß in seinem Zimmer am Fenster und schaute hinaus. Er war müde. Die Frühlingsluft griff seinen geschwächten Körper an. Die nassen Wege blitzten in der Sonne. Der Teich glitzerte hartblau. Die Enten trieben sich auf dem Hof umher und freuten sich, daß die ganze Welt ein Tümpel war. Das interessierte Günther alles. Ein angenehmes Herren- und Eigentumsgefühl stieg von diesem Hofe zu ihm auf. Es war, als schnatterten die Enten im Chor: »Dein – dein.«

Peter kam und überreichte einen Brief. »Ein Junge aus Lantin hat ihn gebracht. Er wartet auf Antwort.«

Gleichgültig öffnete Günther den Brief, dann nahm sein Gesicht einen erschrockenen, gequälten Ausdruck an. »Was stehst du und guckst mir auf die Nase?« fuhr er Peter an. Aha! dachte Peter und ging.

Der Brief enthielt wenige Zeilen von Mareiles Hand. »Ich bin in unserem Häuschen, und ich erwarte Dich heute abend. Was auch wird, ich muß Dich sehen.« Günther legte den Brief vor sich auf den Tisch und schaute wieder auf den Hof hinaus. Aus diesen Schriftzügen schlug ihm jene schwüle Liebesluft entgegen, die ihn einst so beglückt hatte und die zu atmen ihm jetzt weh tat. Es war ihm, als wollte jemand ihn aus der Ruhe seines kühlen Zimmers hinauslocken auf eine abenteuerliche, heiße Wanderschaft. Schon der Gedanke daran machte ihn müde. Nein, nur das nicht. Er konnte nicht zu Mareile gehen. Er wollte ihr schreiben. Natürlich mußte es ein Wort sein, das wie das Schlußwort einer Tragödie klang; etwas wie ein schwerer, schwarzer Vorhang, der auf ihre Liebesgeschichte niederfällt. Gut! Aber was denn? Er fühlte sich so faul! Eben noch hatte er so gemütlich den Enten zugeschaut, und nun kam dieses. Er ging an den Schreibtisch und begann zu schreiben: »Liebe Mareile! Ein großer Mann hat gesagt...« – Er besann sich. Welcher große Mann – und was hat er gesagt? Das war nichts. Er zerriß das Blatt.

»Liebe Mareile!« begann er wieder. »Alles, was wirklich schön ist – welkt – die Blume, die Jugend – die –...« Unsinn, wieso? Wütend zerriß er wieder das Blatt. Gott, wie reich an Bildern und kostbaren Gedanken war er früher gewesen, und jetzt nichts. Wie war das doch – das mit den Festtagen des Lebens – und mit der Dämmerung, für die die stillen, weißen Frauen sind. Daraus ließ sich vielleicht etwas machen. – Nebenan im Wohnzimmer wurde ein Tanz auf dem Klavier gespielt. Das war Beate, die für Went zum Tanz aufspielte. Günther sah dem gern zu. Es war zu hübsch, wenn so das blonde Figürchen, von den Enden der breiten, roten Schürze umflattert, sich langsam im Sonnenschein drehte.

»Ach was!« sagte er sich und schrieb eilig: »Liebe Mareile! Wenn ich nicht komme, so ist es, weil ich glaube, daß es besser für Dich und für mich ist. Die Erinnerung an das Glück, welches Du mir gegeben, wird mir mein Leben hindurch ein teurer Schatz sein. G.« Er überlas das Geschriebene, verzog die Lippen. War das glatt! Na, nichts zu machen.

Mareile war von der vorletzten Station vor Kaltin in einem Mietwagen in Lantin eingetroffen. Frau Kulmann freute sich, wieder etwas Geheimnisvolles unter der Hand zu haben. Sie setzte Mareile eine Mahlzeit vor, ging in die Türkenbude, um ein wenig abzustäuben, und füllte die weiße Salatschüssel mit Anemonen und Himmelschlüsseln.

Mareile saß in dem Türkenhäuschen und wartete. Die jungbelaubten Birken dufteten stark zu ihr herein. Im Walde rief der Kuckuck. Ihr Gesicht hatte eine strenge, fast scharfe Reinheit der Linien erhalten, die es älter erscheinen ließ. Sie war ganz ruhig. Sie war gekommen, ihr Eigentum wieder an sich zu nehmen, und hielt sich für stark genug dazu. Günther konnte ohne sie nicht leben; wer sie besessen hatte, mußte krank vor Verlangen nach ihr sein und konnte sich nicht mit den bleichen Beaten zufrieden geben. Er wäre fast für sie gestorben. Er gehörte ihr. Er würde kommen.

Es raschelte im Gemach. Mareile schaute auf. Da stand der rothaarige Junge des Hirten, lachte über das ganze, erhitzte Gesicht und hielt ihr einen Brief hin. Mareile las die flüchtig hingeworfenen Zeilen, dann legte sie das Blatt auf das Fensterbrett. Sie schaute sich nach dem Jungen um, aber er war fort. Er hatte sich gefürchtet, »weil die Dame so weiß im Gesichte geworden war«, berichtete er der Frau Kulmann.

Lange saß Mareile unbeweglich da. Die Sonne ging unter. Zwischen den Stämmen des Waldes glomm ein rotes Feuer. Über den Wipfeln ließ sich der pfeifende Flug der Wildenten hören, die vom See zu den Waldtümpeln zogen.

Mit weit offenen Augen starrte Mareile in den Abend hinaus, Augen, die nichts zu sehen schienen, nur die Strahlen der Abendsonne widerspiegelten und mit der Dämmerung dunkler wurden. Große Tränen rannen dabei über das regungslose, weiße Gesicht.

Anfangs war es ein hilfloses, schmerzhaftes Vermissen, das sie quälte, ein unerträgliches Verlangen nach Günther. Es fror sie nach seinem begehrenden Blick. Ein jammervolles Gefühl der Verlassenheit sank schwer auf sie nieder. Von außen ertönte eine Stimme: »Guten Abend, gnädige Frau!« Eve Mankow stand vor dem Fenster, stützte den Arm auf den Fensterrahmen und schaute zu Mareile hinein. Einen starken Duft von jungem Birkenlaub brachte sie mit, denn ihr alter Strohhut war ganz mit Birkenzweigen besteckt. Die grellen, runden Augen musterten Mareile neugierig. »Guten Abend, Eve«, erwiderte Mareile. Die Gegenwart des großen rothaarigen Mädchens tat ihr wohl.

»Er is nich gekommen?« fragte Eve.

»Nein«, sagte Mareile mechanisch.

Eve nickte. »Ich wußte, er wird nich kommen. So is schon. Die da im Schloß hat ihn nu wieder.« Eve schwieg eine Weile und sann, dann fragte sie: »Was werden Sie tun? Werden Sie ins Wasser gehn?«

»Ins Wasser?« wiederholte Mareile, »warum fragst du das?«

Eve zuckte mit den breiten Schultern. »Na so. Ich wollte auch ins Wasser, als Sie ihn mir wegnahmen.«

Aufmerksam beugte Mareile sich zu dem Mädchen hinaus. »Sag', Eve, wie – wie war das?«

»Na ja«, berichtete Eve, »als er mit Ihnen ging ... ich hockte dort unter dem Haselnußstrauch, wenn Sie mit ihm hier drinnen waren. Ja, na zuerst dacht' ich, ich schieße Sie tot.«

»Aber?« fragte Mareile gespannt.

»Man will – man will«, meinte Eve, »na, und dann is die Courage nich da.«

»Und das mit dem Wasser?«

Eve lachte. »Ja, da wollt' ich auch 'rein. Zum schwarzen Auge ging ich. Sie wissen, das runde, schwarze Wasser unten im Sumpf. In der Mitte is es tief – tief. Nacht war's. Und der Mond war hell. Na ja! Wenn's dunkel is, dann gruselt's einem vor solchen Geschichten. Da ging ich nu – 'rein. Am Anfang ging's ganz gut. Wasser kam kalt an die Beine. Aber wie's nu tiefer wurde und das Wasser an den Bauch und die Brust 'rauf wollte, nee – nee – da –« Eve schwieg.

»Da?« fragte Mareile.

»Ich konnt's nich. Sterben, nee, das versteh' ich nich.« Eve schüttelte sich, so daß die Birkenzweige um ihren Hut schwankten.

Die Dämmerung war vollends auf den Wald herabgesunken. Die Nebel stiegen aus den Wassern auf und spannen sich langsam über die Wiesen hin. »Gute Nacht«, sagte Eve leise und verschwand in den schwarzen Büschen. Mareile sann lange noch in die Dunkelheit hinein, bis alles um sie her wunderlich gespenstisch und unwirklich schien – ihr Leben – das Schloß – Günther – sie selbst. Ein Fiebertraum mit grellen Bildern, die ihr weh taten – und dann sah sie wieder die rote

Eve im Mondschein in das schwarze Wasser steigen. Mareile begann sich zu fürchten.

Es war schon Nacht, als Mareile das Parkhaus verließ. Große Sterne hingen in den wirren Schöpfen der Föhren. Der Wald rauschte gleichmäßig und sachte, daß es wie der Atem eines starken, schlafenden Lebens klang. Mareile blieb stehen und lehnte sich an eine Tanne, drückte ihre Wange an den Stamm, der kühl war und nach Harz duftete. Dort am Ende der langen Waldlinie, ganz fern, lag Schloß Lantin mit seinen erleuchteten Fenstern, ein kleines, blankes Spielzeug, in all der ruhigen Dunkelheit. »Sterben, das versteh' ich nicht« – hatte Eve gesagt. Nein, sterben, das verstand auch Mareile nicht, und noch um die dort. O nein! Und sie erhob ihre kleine, festgeballte Faust drohend gegen das blanke Spielzeug dort unten in der Ferne.

Nachwort

Handlungsraum »Schloß«

Mit der Reihe seiner »Schloßgeschichten« – auf »Beate und Mareile« (1903) folgen so bemerkenswerte Erzählungen und Romane wie »Schwüle Tage« (1904), »Harmonie« (1905), »Dumala« (1907), »Bunte Herzen« (1908), »Wellen« (1911), »Abendliche Häuser« (1914), »Am Südhang« (1914), »Fürstinnen« (1917) – führt Eduard Graf von Keyserling (1855-1918) seine Leser in die Welt des ostdeutsch-deutschbaltischen Landadels, der er selbst entstammte.

1855 auf Schloß Paddern in Kurland geboren, hatte er in den Jahren 1875 bis 1877 an der Universität Dorpat Jura, Philosophie und Kunstgeschichte studiert und der Mutter anschließend – von einigen in Wien verbrachten Jahren abgesehen – bei der Verwaltung der Familiengüter beigestanden. Erst 1895, als nach dem Tod der Mutter der Besitz an die beiden verheirateten Brüder gefallen war, verlegte er seinen Wohnsitz nach München, wo er, erblindet und gelähmt, 1918 verstarb.

Seine Schloßgeschichten, die nach den Frühwerken »Fräulein Rosa Herz« (1887) und »Die dritte Stiege« (1892), verschiedenen Dramen, Essays und Kunstkritiken seinen Erfolg als Schriftsteller erst eigentlich begründeten, sind also aus genauer Kenntnis des Milieus, aber auch aus einer Distanz geschrieben, die schärfer sehen ließ, die Kritik und Ironie ermöglichte.

In Szenarium und Figurenarrangement folgen sie allerdings

zunächst der Gattung des Adels- und Standesromans, der am Ende des 19. Jahrhunderts in Georg von Ompteda, Peter von Polenz und nicht zuletzt Theodor Fontane prominente Vertreter gefunden hatte. Zentraler Handlungsraum dieser Schloßgeschichten, Ausgang und Ziel aller Geschehnisse ist der Landsitz einer begüterten Adelsfamilie. Auch wenn Keyserling den Schauplatz seiner Erzählungen eher in die Mark Brandenburg oder nach Ostpreußen verlegt, dienen ihm die ausgedehnten Güter der baltischen Adelsschicht als Modell. Sie vor allem hatte seit dem 18. Jahrhundert eine stilprägende Landschloßarchitektur als »Herrschaftszeichen« (Pirang) entfaltet: ein zumeist »weißes« Schloß mit »langgestreckter« Front und Freitreppe, wie wir in Keyserlings Erzählungen, so zu Beginn von »Am Südhang«, lesen, auf das gewöhnlich eine repräsentative Lindenallee zuführt. Auf der Rückseite des Herrenhauses bilden Gartensaal und Terrasse die Zentren des geselligen Lebens. Die Gartenseite ist »Lustort der Entfaltung der ästhetischen Existenz der herrschaftlichen Bewohner des Hauses« (Frühsorge). Sie markiert zugleich den Übergang in den ästhetisch vollkommen durchstilisierten Naturbereich: Garten, Park und See, an die sich ausgedehnte Ländereien und Wälder anschließen.

Landbesitz dieser Dimensionen erfüllt die Funktion, die Standesvorrechte einer adeligen Oberschicht zu rechtfertigen, die im 19. Jahrhundert durch Industrialisierung und kapitalistische Sozialordnung unter wachsenden Legitimierungsdruck geraten ist. »›Schön is hier! Das Haus, der Garten. Alles gehört uns!‹«: Dieses Fazit zieht in »Beate und Mareile« der Diener Peter stellvertretend für seinen jungen Herrn, der diesen Besitz wenig später selbst mustert: »Er trat auf die Veranda hinaus und blickte über die Kieswege und Blumenbeete hin. Die heiße Luft zitterte und flimmerte. Der Buchsbaum glänzte wie grünes Leder. Hinter dem Garten dehnte sich

Wiesenland aus, dann niedrige Hügel, an denen die Äcker wie regelmäßige Seidenstreifen niederhingen.« (Oben S. 8, 9) Da die zur Bewirtschaftung erforderliche Arbeit von Verwaltern, Gesinde und Landarbeitern geleistet wird, beschränkt die »Sozialleistung« der Oberschicht sich zunehmend auf reine Repräsentation: »Besitz rechtfertigt sich durch repräsentative Existenz. Geselligkeit und Müßiggang sind daher keineswegs Zerstreuungsformen des herrschaftlichen Lebens, sondern verbindliche Benehmensvorschriften.« (Gruenter)

»Lustort« und Ländereien des Herrenhauses sind somit auch Schauplatz, ja »Bühne« für das Ritual solcher geselligen, vom Wechsel der Tages- und Jahreszeiten bestimmten Unterhaltungen und Vergnügungen: Diners und Bällen, Festen im Freien, Picknicks, Ausfahrten und -ritten, Schlittenpartien, Sport und Jagd. Die Fähigkeit, den Leser bei der Schilderung solcher Vergnügungen durch suggestive Vergegenwärtigung sinnlicher Eindrücke, vor allem von Farb- und Lichteffekten, gleichsam zum Mitgenießenden zu machen, gehört zum besonderen Reiz der Erzählweise Keyserlings: »Die frischgemähten Stoppelfelder glitzerten unter der grellen Herbstsonne, die Ebereschenallee war rot von Beeren, im Schloßgarten flammten die Gladiolen, Stockrosen und Georginen. Es war Zeit, die Hühnerjagd zu eröffnen.« (Oben S. 28)

Der Müßiggang dieser feudalen Schicht vermittelt den Eindruck endloser Ferienzeit. Wenn in »Beate und Mareile« von »Tätigkeit« des jungen Ehepaars die Rede ist, so ist die Erzählerironie unüberhörbar: »›Was tun wir?‹« fragt der Gatte die junge Frau nach dem Frühstück. »›Ja, was tun wir?‹« wiederholt diese. »Günther dachte nach. ›In den Garten müssen wir, damit wir so das Sumsum des Sommers hören. Nicht? Im Park unter den Linden muß es jetzt gut sein. Suche ein Buch heraus. So was Altmodisches, ganz Süßes, weißt du. Ich bestelle die Hängematten?‹« (Oben S. 16f.)

Auf den Anachronismus einer solchen Lebensweise angesichts eines grundlegenden sozioökonomischen Wandels und wachsenden Funktionsverlusts des Adels reagieren vor allem die Vertreter der älteren Generation mit immer rigideren Formen von Konservatismus und selbstherrlichen Exklusivitätsansprüchen, dem trotzigen Festhalten an überkommenen Normen und Prinzipien: Nur so könne man, wie Graf Dühnen in der Erzählung »Fürstinnen« beschwörend mahnt, »in diesen schweren demokratischen Zeiten den Adel hochhalten. Strengste Auslese ohne Gefühlsduselei.« In der Generation der »Erben«, der Söhne und Töchter dieser altadeligen Familien, allerdings häufen sich die Versuche zu Flucht und »Desertation«. Ihre wachsende Unfähigkeit oder Unlust, sich der herkömmlichen Lebensform einzupassen, ist eines der tragenden Motive in Keyserlings Schloßgeschichten. Gerade das Scheitern der verschiedenen Ausbruchsversuche entlarvt indessen die heimliche Lebensschwäche der Nachkommen und Erben und damit die Untergangsreife dieser überzüchteten Hochkultur. Den Aufbegehrenden bleibt gewöhnlich nur der Rückweg in die Geborgenheit des Schloßbezirks. »›Ja, zurück kommen sie alle‹«, so bekräftigt Baron Port in der Erzählung »Abendliche Häuser«, die das Verfallsthema schon im Titel anklingen läßt, »›aber wie? Die Nerven kaputt, zerzaust wie die Hühner nach dem Regen [...], das ist auch so die neue Zeit.‹«

An der Gestalt Günthers von Tarniff führt bereits die erste der Schloßgeschichten eine solche Entwicklung vor Augen.

Narziß in der Badewanne

Wenn das zweite Kapitel von »Beate und Mareile« den Leser über den »alteingesessenen Landadel«, die Familien der Tarniffs und Losnitz', informiert, so ist von den »›braungebrannten Herren‹« die Rede, »›die man morgens früh um fünf auf ihren Feldern einhergehen oder reiten‹« sehe: »Starke Leute, die das Leben und die Arbeit lieben, [...] einen angeerbten Glauben und angeerbte Grundsätze haben.« (Oben S. 11)

In einer mit dieser Schilderung auffällig kontrastierenden Situation hatte zuvor freilich schon das erste Kapitel den jungen Schloßherrn auf Kaltin vorgestellt: »Aus dem Badezimmer erscholl ein gleichmäßiges Plätschern«, so beginnt unser Text. »Günther von Tarniff saß in seinem rotgelben Badebassin. Die lauwarme Dusche wurde in der Morgensonne ganz blank – fließendes Kristall. Das war so hübsch und angenehm, daß Günther sich nicht davon trennen konnte. Er saß da schon geraume Zeit und registrierte die behaglichen Empfindungen, die über seinen Körper hinglitten [...]. Nun mußte Günther heraus. Peter rieb ihn behutsam mit einem weichen Tuch ab.« (Oben S. 7)

Günther von Tarniff wird dem Leser also nicht in einer Pose aktiv-entschiedenen Handelns präsentiert, wie man sie von dem Protagonisten einer »Schloßgeschichte« erwarten könnte, sondern in wohlig-schlaffer Passivität, als ein verwöhnter, weichlicher Dandy, der das alltägliche Ambiente, das »fließende Kristall« des Duschwassers, aus dem gleichen preziös-ästhetisierenden Blickwinkel wahrnimmt wie das eigene Spiegelbild oder den als »Tafel« bewunderten Körper, auf dem »das Leben viele, wichtige Genüsse zu verzeichnen« habe (oben S. 7).

Bei dieser Porträtierung der männlichen Hauptfigur tritt

bereits die Besonderheit eines modernen, »personalen« Erzählstils zutage, der das Geschehen nicht mehr aus vorgeblich »allwissender« Erzählperspektive, sondern vermehrt aus der subjektiven Sicht der jeweiligen Figuren, ihren Reden und Reflexionen, Wahrnehmungen oder Phantasien darbietet. Die Zurückhaltung im Umgang mit eindeutigen Wertungen und umfassend orientierenden Erzählerkommentaren erfordert einen aktiveren Leser, der die verschiedenen Informationen gegeneinander abwägen, die Selbstaussagen der Figuren an ihrem Verhalten oder an den Reaktionen der Umwelt überprüfen muß, um sich so ein eigenes Urteil bilden zu können. Diese zumindest in deutscher Literatur damals noch neuartige Erzählweise mag einer der Gründe dafür sein, daß die ironisch-kritischen Aspekte dieser Schloßgeschichten so lange übersehen, Thomas Manns Formel von der »Verklärung« und »Kunstwerdung seines feudalen Heimatmilieus« so stereotyp übernommen werden konnten.

Auf »Verklärung« aber dürfte gerade der amüsierte Spott, mit dem »Beate und Mareile« den jungen Schloßherrn in Intimszenen dieser Art präsentiert, schwerlich abzielen. Der Text läßt im Gegenteil kaum eine Gelegenheit vorbeigehen, in der nicht die Egozentrik und der brutale Egoismus Günthers von Tarniff entlarvt, sein angestrengtes Glücks- und Genußstreben in ein ironisches Licht gestellt würden: »Er durchspähte das Leben mit leidenschaftlicher Hast nach Genüssen«, so ist unter anderem zu lesen, »als fürchtete er beständig, irgendein Genuß, ein seltenes Glück könnte ihm unterschlagen werden.« (Oben S. 14) Neben solchen karikaturistischen Zügen sind auch die Reaktionen der anderen Figuren klare Indizien für die kritische Sicht auf diese Gestalt: so die »ruhige Ironie«, mit der seine junge Frau ihn behandelt, oder der Mangel an Respekt, den Günther zu seinem Ärger bei den Untergebenen bemerken muß. Sie durchschauen das

Schauspielertum, das er in der »Rolle« des Gutsherrn entfaltet, sein eitles Posieren, das nur auf Beifall sieht: »Zu imponieren ist eine so angenehme Beschäftigung [...].« (Oben S. 19)

Die Erzählerironie kulminiert in einer abendlichen Szene, die dem Leser den Schloßherrn in unfreiwilliger Komik bei der »Arbeit« vorführt und solche Anstrengung schonungslos als bloße Anwandlung entlarvt: »Er las ein landwirtschaftliches Buch«, so heißt es, »und warf es bald fort. Dann begann er eine Liste landwirtschaftlicher Reformen zu entwerfen. Auch das wollte nicht recht gehen. Endlich begann er die Andacht für seine Leute zu schreiben, allein es fiel ihm nichts Erbauliches ein.« (Oben S. 45f.)

So nimmt es nicht wunder, daß der Schloßherr nur als Festarrangeur und Tanzleiter, bei der »Behandlung der Gesellschaftsnerven« (oben S. 34), seine, auch von der Umwelt bestätigte, Identität findet. Erstaunlicher, aber symptomatisch für die in dieser Gestalt vorgeführte zeittypische »Décadence« ist die Unfähigkeit Günthers von Tarniff, auch nur den bloßen Repräsentationspflichten dieses exklusiven Luxuslebens auf Dauer nachzukommen, da selbst dieses Vergnügungsritual für den »gierigen Lebenstrinker« noch zu viel Gleichmaß enthält, zu wenige »Sensationen« bietet. Muß er doch gelegentlich wahrnehmen, »wie kostbare Augenblicke seines Lebens leer und ereignislos verrannen. Nein! Das war nicht zu ertragen!« (Oben S. 46)

Die Erzählung begründet die Nerven- und Willensschwäche des Protagonisten zunächst zwar mit den der zeitgenössischen Vererbungslehre entstammenden Vorstellungen von »Degeneration«, einem Lieblingsthema auch der naturalistischen Literatur: Günthers Vorfahren hätten auf ihren diplomatischen Posten »Ehen mit Ausländerinnen« geschlossen, das »exotische Blut« aber habe an den »starken Nerven der märkischen Rasse« genagt und diese »mit seiner Erbschaft fremder Geschlechter« erhitzt und geschwächt (oben S. 11). Mit dem Hinweis auf die »neuen Gedanken und Appetite«, die das Seelenleben »komplizierten« (oben S. 11), wird indessen die permanente Reizsuche Günthers von Tarniff in den Horizont der europäischen Modeströmung der »Décadence« gerückt, als deren »Analytiker« in Deutschland sich Friedrich Nietzsche verstand. Ihren Repräsentanten ist das »hochgesteigerte Bedürfnis nach ungewöhnlichen und seltenen Eindrücken« »existentielle Notwendigkeit«: »Die Normalität des Lebens, das Gewohnte, Alltägliche ist dem Décadent völlig unerträglich.« (Rasch) Günther von Tarniff bekennt in diesem Sinne selbst, keine Werktage, nur »Festtage«, und keine »Sonntagabende« ertragen zu können (oben S. 110), und teilt diese Idiosynkrasie mit zahlreichen anderen Figuren aus Keyserlings Adelswelt, so daß die dekadente Reizsuche als Stigma einer ganzen Schicht erscheint. Mit ihr soll der Erschlaffung und Ermüdung der Vitalkräfte begegnet werden, die immer neue Reizstimulation wird als »Gegengift« gegen zielloses Warten, seelische Verödung und Langeweile begriffen. Zu den Mitteln künstlicher Erregung zählen Glücksspiel und Jagd, aber auch das Duell, die »Todesgefahr als eine Art bengalischer Beleuchtung«, wie in der Erzählung »Am Südhang« kritisch angemerkt wird.

Günther von Tarniff vermeint das entrinnende »Leben« am ehesten in dessen elementarster, im Verständnis der Epoche »naturhaftester« Verkörperung, im »Weib«, erjagen zu können: »Von jeher hatte er das Weib für die Verschleißerin der wichtigsten Genüsse des Lebens angesehen. Für jede Stimmung das richtige Weib zu finden erschien ihm als die bedeutsamste Kunst [...].« (Oben S. 14)

Beate und die Ehe »nach wohlbewährtem, altadeligem Rezepte«

Wenn die Wahl der standesgemäßen Ehegattin auf die Jugendgespielin Beate von Losnitz fällt, so verdankt selbst diese Entscheidung sich der permanenten Reiz- und Glückssuche des nervös-übersättigten Lebemannes. Dasselbe pikante Kontrasterlebnis, das Tarniff »urplötzlich« bei den »stillen, kühlen Marmordamen im Museum« sucht, vermeint er bei Beate, der »adeligen Poesie in Person«, finden zu können: »Dieses Mädchen, mit einer stilvollen Reinheit, schien ihm ein Glück zu versprechen, das ihm wirklich bisher unterschlagen worden war.« (Oben S. 14)

Keyserling führt den Lesern auch mit dieser weiblichen Figur eine von Verfeinerung und Überzüchtung, von der Dekadenz alter Rassen geprägte Vertreterin des preußischen Adels vor: »Ihr Gesicht war blaß«, so heißt es, »von der feinen Blässe der alten Rassen, die von jahrhundertelangem Stehen auf geschützten Höhen müde geworden sind.« (Oben S. 21) Beate von Losnitz ist die erste aus jener Gruppe der »weißen Frauen« im Erzählwerk Keyserlings, der die literaturhistorische Forschung ausgiebige Aufmerksamkeit zugewandt hat. Von bleichem Teint, zart, reizbar und matt bis zur Kränklichkeit, sind diese Frauen zumeist auch in Weiß gekleidet und bevorzugen ein weißes Ambiente, weiße, kühle, durch weiße Vorhänge gegen die Außenwelt abgeschirmte Räumlichkeiten. Ihre stilisierte Künstlichkeit und vornehm-feine Erlesenheit signalisieren Lebensferne und Lebensschwäche. So repräsentieren sie zugleich den in Symbolismus und Jugendstil häufig begegnenden Typus der »Femme fragile«, der zerbrechlichen Frau, auch der Kind-Frau: Er figuriert auf den Gemälden der englischen Präraffaeliten oder der Holländer Toorop und Thorn-Prikker ebenso wie in den Prosagedichten des Wiener Kaffeehausliteraten Peter Altenberg oder den Bühnenwerken des belgischen Symbolisten Maurice Maeterlinck (»Pelléas et Mélisande«). Noch Thomas Mann hat den morbiden Reiz dieses Frauentypus an der Gestalt der hinfälligen Gabriele Klöterjahn profiliert (»Tristan«). Die extremste Variante einer solchen Femme fragile, für die natürlich auch die Geburt eines Kindes ernsthafte Lebensbedrohung bedeutet, stellt in Keyserlings Erzählwerk Annemarie von Bassenow dar, die Hauptfigur der Erzählung »Harmonie«, bei der »adelige Poesie« und erlesene Kostbarkeit sich bis zur radikalen, trotzig-entschiedenen Lebensverneinung gesteigert haben: »Aussterben war vornehm.«

So wenig der gierige »Lebenstrinker« Günther von Tarniff die immer neu beschworene »Ruhe« auf seinem Landsitz verträgt, so sehr bleibt der aus einer Laune geborene Plan eines glücklichen Familienlebens »nach wohlbewährtem, altadeligem Rezepte« (oben S. 15) forsch vorgetragenes Programm. Die (selbst-)suggestiven Appelle und Absichtsbekundungen – »›Wir wollen ihnen mal zeigen, was 'ne Ehe ist‹« (oben S. 29), »Eifrig machte er sich nun an das Familienleben. Er wußte genau, wie er sein wollte« (oben S. 45) – weisen erst recht auf das sich bereits abzeichnende Versagen und Scheitern hin.

An Beate hatte Günther schon während des ersten Berliner Ehejahres »etwas Erstauntes, bleich Ergebenes« bemerken müssen, »als hätte sie eine Enttäuschung erlebt. Daß er diese Enttäuschung sein könnte, war für Günther kränkend und quälend gewesen« (oben S. 18). Aber auch auf Kaltin empfindet sie die Ehe mit Günther zunehmend als »eine Arbeit«, zu der sie sich »ein wenig müde« fühlt (oben S. 45), und Günther selbst sehnt sich bald schon nach den Abenteuern seiner Junggesellenjahre zurück: »Warum hatte er nichts Starkes, Heißes? [...] Ungeduldig und feindlich dachte er an die Frauen hier, mit ihrem vornehmen Verhüllen aller schönen Nacktheit, an die Frau, deren Leib nach jeder Umarmung rein und keusch zu bleiben schien. Konnte das ihn satt machen! – –« (Oben S. 48f.)

Mit der in »Beate und Mareile« angedeuteten Eheproblematik übt Keyserling Zeit- und Sozialkritik, die sich nicht auf die hier geschilderten pietistischen Adelskreise der Landschlösser beschränkt, sondern die rigide Ehe- und Sexualmoral des »viktorianischen« Zeitalters generell ins Visier nimmt. So hatte schon der Münchener Freund Frank Wedekind mit seiner »Kindertragödie« »Frühlings Erwachen« (1891) gegen die verhängnisvollen Zwänge einer bigotten Bürgermoral protestiert, so stellte in Wien Sigmund Freud in seinen psychoanalytischen und kulturkritischen Studien die bedenklichen pathogenen Folgen dieser einengenden Normen warnend vor Augen.

»Beate und Mareile« gibt genauen Einblick in die Ausgangssituation einer von diesen Normen bestimmten Ehe: Die Frau verharrt bis zur Eheschließung in »wunderbar naiver Reinheit«, das bedeutet zugleich mangelnde sexuelle Aufklärung und Jungfräulichkeit, die durch »feine berechnete Obhut« gewährleistet wird (oben S. 15). Der männliche Partner, vor allem der wohlhabende »Lebemann«, sammelt einschlägige Erfahrungen, gewöhnlich mit Frauen aus niederer sozialer Schicht. Diese Rahmenbedingungen macht Günther von Tarniff seiner jungen Frau unmißverständlich klar: »›Für euch Frauen [...] ist die Ehe ein Anfang – *der* Anfang. Für uns Männer ist die Ehe auch ein Ende. Das Frühere ist zu Ende – aus; verstehst du? – Frauen unserer Gesellschaft haben kein Früher.‹« (Oben S. 10) Doch werden auch die Folgen dieser unterschiedlichen Vorgeschichte deutlich. Was die »Liebe der Junggesellenjahre« lehre, ließe sich »bei den Beaten schlecht verwenden«, so sinniert Günther (oben S. 18), für den die

Gattin ein »weißes Rätsel« bleibt: Beate weist seine sexuellen Annäherungen zunehmend zurück, schließt »ihre geduldigen Opferaugen gerade vor allem, nach dem er sich jetzt sehnte« (oben S. 48).

Im Fortgang der Erzählung akzentuiert der hier vorgeführte Einzelfall aber auch das grundsätzliche und letztlich unlösbare Dilemma, in dem der männliche Partner aufgrund der überlieferten Wertvorstellungen sich befindet: Die Ehefrau und Mutter der Kinder *hat* »rein« und »keusch«, asexuell, zu bleiben, um sich die Achtung des Mannes zu erhalten, die er nur einer »Madonna« entgegenbringen kann: Man liebe nur, wo »Reinheit und Wahrheit« seien, so belehrt um die gleiche Zeit in Arthur Schnitzlers »Reigen«-Zyklus (1900) der Ehemann seine allzu wißbegierige Gattin, und die gleichen Normen bestimmen die Einstellung Günthers seiner Frau gegenüber: »›Du weißt, daß ich dich liebe, wie du bist und weil du so bist, und daß ich zuweilen Sehnsucht haben kann – nach – nach heißem Blut – nach Leidenschaft – nach – nach... nun, mein Gott, nach allem, was du nicht geben kannst und sollst.‹« (Oben S. 103)

Eine solche Konstellation sanktioniert den männlichen Seitensprung, sie bedingt jene für die Epoche kennzeichnende »Doppelmoral« ebenso, wie sie der zeittypischen Aufspaltung der Frau in zwei antipodische Typen Vorschub leistet: in die tugendhaft-treuen Madonnen und die der sexuellen Befriedigung vorbehaltenen »Hetären« oder Dirnen.

So ergänzen zwar zum einen die empörende Unverfrorenheit und lächerliche Selbstgefälligkeit, mit denen etwa Günther von Tarniff seinen Entschluß zum außerehelichen Liebesabenteuer vor sich selbst rechtfertigt, das kritisch-ironische Porträt, das die Erzählung von ihm entwirft; das dabei zutage tretende männliche Besitzdenken wie die Stilisierung der Gattin zum »nicht begehrten« »Heiligtume« tragen indessen unverkennbar darüber hinausweisende Epochensignaturen: »Dieses auserlesene Wesen hier war sein«, so denkt Günther beim Anblick der schlafenden Beate, »er konnte es am empfindlichsten treffen und verwunden. Wiederum freute er sich an seiner eigenen Rührung vor dieser Frau, der er untreu zu werden fest entschlossen war. Stand dort zwischen Beates Augenbrauen nicht eine kleine aufrechte Falte, ein feiner Strich, wie mit einem Messer in die Haut geritzt? Die mußte eine Sorge um ihn da hineingezeichnet haben; wer sonst als er durfte solche Zeichen in dieses königliche Buch schreiben? [...] Kein Begehren mischte sich bei ihrem Anblick in sein Gefühl. [...] Ein Heiligtum, das Günther mit Bedauern zu verlassen sich anschickte.« (Oben S. 72)

Auch eine solche Ehemoral ist indessen Bestandteil der pietistischen Schloßerziehung, die den Körper konsequent »unterschlägt«: »›Die armen Männer sind so unruhig – ich weiß‹«, so vernimmt Beate noch von der sterbenden Mutter. »›Warten müssen wir – warten – sie kommen doch zu uns. Du glaubst nicht – wieviel wir – vergessen können. Und dann kommt Friede [...].‹« (Oben S. 99)

In seiner Schrift »Die ›kulturelle‹ Sexualmoral und die moderne Nervosität« von 1908 hat Sigmund Freud eine scharfsichtige Bestandsaufnahme der Ehen seiner Zeit gerade unter diesem Aspekt vorgenommen. »Schicksal der meisten Ehen« seien, so führt er aus, »seelische Enttäuschung« und »körperliche Entbehrung«; »erfahrungsgemäß« bediene der Mann »sich nun recht häufig des Stückes Sexualfreiheit, welches ihm auch von der strengsten Sexualordnung, wenngleich nur stillschweigend und widerwillig, eingeräumt« werde, die Frauen aber erkrankten »unter den Enttäuschungen der Ehe an schweren und das Leben dauernd trübenden Neurosen«.

Keyserling übt mit »Beate und Mareile« an dieser »›kulturellen‹ Sexualmoral« erstaunlich offen Kritik, indem er hier die »weiße« Frau selbst, Beate, gegen solche unnatürlichen, die Sexualität der Frau leugnenden oder abwertenden Normen aufbegehren, die Befriedigung der eigenen Liebeswünsche fordern läßt. Seiner Moralkritik verleiht gerade dieser Protest gegen die anerzogene Madonnen-Rolle besonderen Nachdruck: »›Und wer... wer sagt dir – daß ich nicht auch heißes Blut habe...‹«, so hält Beate ihrem Mann vor (oben S. 103), um sich wenig später gegen »ihr Schicksal« »aufzubäumen«: »Sie wollte jung sein, leben – wie die anderen. [...] Sie begann in ihrer vor Einsamkeit fiebernden Seele gegen die Gesetze sich aufzulehnen, unter die sie sich ihr ganzes Leben hindurch gebeugt.« (Oben S. 105)

Mareile oder die Liebe als Rausch

Für das »Schwüle«, das »berauscht«, die Sehnsucht »nach heißem Blut – nach Leidenschaft«, nach allem, was nach den Worten Günthers von Tarniff die »weißen« Frauen nicht geben »können und sollen«, stehen im Erzählwerk Keyserlings die »roten«, die sinnlich-lebensvollen Frauen bereit. Eine solche Einteilung, die freilich der Vielfalt seiner mit psychologischem Scharfblick differenzierend erfaßten Frauengestalten nicht gerecht wird, ist in der Keyserling-Forschung zum Stereotyp geworden. Sie spiegelt zudem die schon erwähnte epochentypische Zweiteilung des Frauenbildes getreu ab, die Richard Wagner in der Polarität von »Heiliger Elisabeth« und Venus des »Tannhäuser« paradigmatisch gestaltet, Otto Weininger in seinem weitverbreiteten misogynen Pamphlet »Geschlecht und Charakter« (1903) als anthropologische Konstante hypostasiert hatte.

In »Beate und Mareile« ordnet Günther von Tarniff diese komplementären Frauentypen seinen eigenen Bedürfnissen explizit zu: Die »›heißen Stunden ganz voller Licht‹« gehörten den sinnenhaften Frauen, so bestimmt er, »›für die Dämmerstunden sind die anderen da, die stillen, weißen Frauen... [...]‹« (oben S. 90).

Den »roten«, sinnenhaft-erdverbundenen Frauentypus verkörpert in dieser Erzählung in erster Linie die »starke«, »wilde« Waldhüterstochter Eve Mankow, zu der der nervös-unbefriedigte Günther sich zunächst aus der Monotonie des weißen Ehealltags flüchtet. Sie bestätigt diese Zuordnung schon durch ihr äußeres Erscheinungsbild – »ein großes, rothaariges Mädchen mit grellen, rotbraunen Augen in einem runden, rosa Gesichte« (oben S. 19) und einem »breiten, roten, sehr heißen Mund« (oben S. 51) – ebenso wie durch ihre fast animalische Sinnlichkeit. Es ist bezeichnend für die Ambivalenz des viktorianischen Frauenbildes, die wiederum am scharfsichtigsten von Sigmund Freud in der Schrift »Über die allgemeinste Erniedrigung des Liebeslebens« (1912) dargelegt worden ist, daß Günther von Tarniff die Waldhüterstochter nach genossener Lust wie einen Hund zu behandeln imstande ist und sich nach der weißen Frau im Schloß zurücksehnt: »›Steh' auf – geh –‹, herrschte Günther dann plötzlich Eve an. Er stieß sie von sich [...], er hatte es eilig, wieder in dem stillen Schlafgemach zu sein, in dem es nach weißem Flieder duftete und wo die matte Ampel über einer schlafenden, weißen Frau wachte.« (Oben S. 54f.)

Gefahr für die Ehe geht deshalb erst von Mareile, der zur Sängerin arrivierten Inspektorstochter, einer wesentlich komplexeren, zudem der Schloßwelt teilweise zugehörigen Frauengestalt, aus. Zwar erscheint auch sie vornehmlich im Zeichen der Liebesfarbe Rot, mit den »wie Blut« über ihre Hände rinnenden roten Rosenblättern (oben S. 90), bescheinigt man auch ihr »wildes Plebejerblut« (oben S. 30), aber die Schloßerziehung, die den Körper »dumm« mache (oben S. 89), hat auch sie geprägt, so daß die Emphase, mit der sie ihre Befreiung zur Sinnlichkeit in der Ehe mit dem Maler Hans Berkow schildert, Züge einer feierlichen Erklärung trägt. Sie steht im Zeichen der modischen »Emanzipation des Fleisches«, wie sie um die Jahrhundertwende etwa in oppositionellen Kreisen der Münchner Bohème, mit Franziska zu Reventlow als einer ihrer Leitfiguren, propagiert wurde.

Mareile freilich setzt Schönheit und erotische Anziehungskraft gezielt für den gesellschaftlichen Aufstieg ein, was ihren Triumph bei jeder neuen Eroberung noch verstärkt: »Mareile verstand sich auf die Männer. [...] Sie fühlte wieder in sich etwas wie den Triumph des kleinen, neidischen Mädchens von früher [...].« (Oben S. 75) Mit der siegessicheren Rücksichtslosigkeit, mit der sie ihre Erfolge auskostet und über »nicht zu brauchende« Partner hinwegschreitet (oben S. 62), nimmt sie Züge einer »Femme fatale« an.

Die Vorstellung einer durch ihre erotische Verführungsmacht dem Mann verderblichen Frau hat bekanntlich eine lange Tradition. In Kunst und Literatur des Fin de siècle und der Jahrhundertwende aber begegnet dieser Typus – wie der der Femme fragile – einem gesteigerten, oft perverse Züge tragenden Interesse: Ausdruck zeittypischer Verdrängung und Sexualangst ebenso wie einer dekadenten »Lust am Untergang«. Die Femme fatale erscheint in den mythisch-archetypischen Masken einer Helena, Judith, Salome oder Kundry. Frank Wedekind hat sie in seiner »Lulu«-Tragödie (1893/94) als unzähmbares Naturwesen in die Gegenwart versetzt: »Sie ward geschaffen, Unheil anzustiften, / Zu locken, zu verführen, zu vergiften.« Eine solche Aura kann auch dem Landmädchen Mareile Ziepe jenen Reiz des Ungewöhnlichen und Exquisiten verleihen, nach dem Günthers nervöse Sensationsgier verlangt.

Nicht zufällig ist es die brünstige Musik Richard Wagners,

die in der Modeströmung des »dekadenten Wagnerismus« den Wert eines Aphrodisiakums erhält, mit der Mareile Günther zuerst in ihren Bann zieht, ihm als der ersehnte »neue Rausch« bewußt wird. Ihr ist die schwüle Atmosphäre des Treibhauses, eines modernen Venusberges, ein ebenso gemäßer, ihre Verführungskraft steigernder Rahmen wie die Exotik des chinesischen Pavillons, der »Türkenbude« im Park, die zum Schauplatz freizügiger und unbedenklich genossener Liebesszenen wird – dem weißen Schloß komplementär zugeordnete Insel-Idylle und Machtbereich des »Festtagswesens« Mareile.

Außerhalb des schützenden Schloßbezirks wird dem haltlosen, innerlich leeren Narziß der ersehnte Rausch rasch zum »einzigen Daseinszweck« und »wirkungsvollsten Betäubungsmittel«. Wie in Wagners »Tannhäuser« dient noch das christliche Sündenbewußtsein als erotisches Stimulans: Günther liebt die Frau, deretwegen er sich zugrunde richtet, »wie wir unsere Sünde lieben«, heißt es ausdrücklich (oben S. 109). Doch auch in der Erotik vermag der nach immer neuen Sensationen gierende Décadent ein Gleichmaß, einen Wechsel zwischen Alltag und Festtag, nicht zu ertragen, er ersehnt die höchste Reizsteigerung nach dem Muster des romantischen Liebestodes, einem ebenfalls epochentypischen, auch hier in einem Werk Wagners, dem Liebesdrama »Tristan und Isolde«, gültig gestalteten Denkmodell: »›Die Liebe müßte eine schöne, tödliche Krankheit sein‹«, so phantasiert er. »›Man liebt sich – und man weiß – das Ende kommt dann und dann – und die Liebe wird immer hastiger – man hat Eile, sie ganz zu genießen. Nur noch zwei Tage – noch eine Nacht. Aber so…‹« (Oben S. 110)

Eine letzte Steigerung von Reiz und Rausch kann deshalb das durch die Liaison mit Mareile provozierte Duell, die Todesmöglichkeit als »bengalische Beleuchtung«, bieten. Das

Ritual des Duells, das durch seine Forderung nach »Satisfaktionsfähigkeit« des Gegners eine der letzten identitäts- und legitimationsstützenden Bastionen des Adels gegen das aufsteigende Bürgertum darstellt, erscheint so als ein Ereignis, das ihn »ein wenig anregte« (oben S. 110): »Das Beraten und Besprechen, die Beschäftigung mit den hübschen, handlichen Gesetzen des Ehrenhandels waren für Günther ein Genuß. All das gab dem Leben wieder Gehalt, verlieh Mareile, Günther selbst, seiner Liebe neuen Wert.« (Oben S. 112)

Wie die übrigen Generationsgenossen in Keyserlings Erzählungen, die aus fader Monotonie in eine erregende »Wirklichkeit« auszubrechen suchen, so kehrt auch Günther von Tarniff nach langem Krankenlager schließlich in die »weiße« Schloßwelt zurück, »wund, vom Leben besudelt und gebrochen« (oben S. 118).

Der Trug des »schönen Lebens«: Keyserlings Zeitkritik

Neben dem Rausch der sinnlichen Leidenschaft als wichtigstem Zugang zu dem von Vitalismus und Lebensphilosophie der Jahrhundertwende emphatisch verherrlichten »Leben« verspricht dem erschlafften Décadent auch der ästhetische Genuß einen die Vitalkräfte steigernden Reiz. Solche vitalistischen Implikationen traten im modischen Jugendstil mit seinen Enklaven »schönen Lebens« hervor, wiederholt hatte zumal Friedrich Nietzsche die Kunst als das »große Stimulans zum Leben« bezeichnet, als »Anreizung der animalischen Funktionen durch Bilder und Wünsche des gesteigerten Lebens« (»Aus dem Nachlaß der achtziger Jahre«).

Die Affinität der beiden Bereiche demonstriert in »Beate und Mareile« das Verhalten Günthers von Tarniff in einer bezeichnenden Reaktion. Als Beate während der nächtlichen Kahnfahrt seine erotischen Annäherungen abwehrt, sucht er sofort im dekorativen Arrangement Ersatz: »›Dieses kühle Mondscheingesicht‹, sagte er ein wenig gereizt. Dann griff er in das Wasser [...] und holte sich die ganze Hand voll schwerer, weißer Blütenköpfe heraus: ›So, jetzt will ich dich putzen, warte.‹ Er steckte die feuchten Blumen in Beates Haar. Beate lachte unter dem Tropfenregen. ›So ist's gut‹, meinte Günther, ›Schönheit – Schönheit – Schönheit, Amen.‹« (Oben S. 21)

Als »Kult« des Schönen gibt sich dieses Verhalten hier überdies durch die – mit Beates Frömmigkeit harmonierende – religiöse Terminologie zu erkennen. In der Sucht nach immer erneuter Reizkumulation glaubt Günther freilich auch den Sinnenrausch mit Mareile noch dekorativ überhöhen, »herausputzen« zu müssen: »›Gott! Wir wollen unsere Liebe schon herausputzen. Mit allem Schönen wollen wir sie füttern, nicht? Wir, zwei solche Prachtmenschen; kluge Köpfe mit Rosen umwunden [...].‹« (Oben S. 84)

Die ästhetisierende Optik der Protagonisten in Keyserlings Erzählungen bezieht auch die Natur in diesen Zwang zu Dekoration und Verkostbarung ein, wenn etwa »Wiesen, Felder und Gärten« wie »eine verblaßte Stickerei auf einem blind gewordenen Goldgrund« erscheinen (oben S. 23), Äcker als »Seidenstreifen« (oben S. 9). Hier dehnt der exquisit ausgestattete Wohnraum sich gleichsam in die Landschaft hinein aus; Naturausschnitte werden wie Gemälde wahrgenommen. Den strengen Regeln von Harmonie und Ästhetik folgend, stilisieren die Schloßbewohner ihr ganzes Leben zum Kunstwerk und »stellen« folgerichtig selbst permanent »Bilder«: »Vor der Freitreppe des Schlosses waren die Jäger, Waldhüter und Hunde versammelt. Oben standen die Damen, feine Figürchen, die sich bunt von dem alten, sonnbeschienenen Portal abhoben. Hübsch, dachte Berkow. Stil bis zu den Hunden. Dafür lassen diese Leute sich in Stücke hauen... [...].« (Oben S. 30)

Indem er dem elitären Schönheitskult einer zum Untergang bestimmten Feudalschicht in seinen Erzählungen einen so beherrschenden Platz einräumt, scheint Keyserling die programmatischen Forderungen des europäischen Ästhetizismus zu erfüllen, wie seine Werke ohnehin von der »Europäisierung der deutschen Prosa seit 1900« (Thomas Mann) Zeugnis ablegen. Es ist indessen wichtig, die Unterschiede zu bemerken und die immanente Kritik zu erkennen.

Der europäische Ästhetizismus war zunächst eine Protest- und Oppositionsbewegung. Seine wichtigsten Repräsentanten – Théophile Gautier, Charles Baudelaire, Gustave Flaubert; John Ruskin, Walter Pater, Oscar Wilde; Hugo von Hofmannsthal und das »Junge Wien« – wandten sich gegen die schönheits- und lebensfeindlichen Tendenzen einer durch Industrialisierung, wirtschaftliche Expansion und Urbanisierung radikal veränderten Umwelt. Gerade der Ausschluß alles »Staatlichen und Gesellschaftlichen«, den Stefan George für seine »Blätter für die Kunst« beanspruchte, implizierte Polemik gegen den Ungeist der wilhelminischen Epoche: »L'art pour l'art«, »zweckfreie« Kunst, und Gesellschaftskritik waren einander dialektisch zugeordnet.

Der Kunst allein wurde noch Wahrheits- und Erkenntnisanspruch zugebilligt, sie war – nach Nietzsche – »die eigentlich metaphysische Tätigkeit dieses Lebens« (»Die Geburt der Tragödie«) und trat in Wagners – auf der Auseinandersetzung mit Schopenhauers Ästhetik basierender – Idee einer »Kunstreligion« mit umfassendem gesellschaftsprägenden Anspruch auf. Die epochale Konzeption des »Gesamtkunstwerks«, das nicht nur die einzelnen Künste, sondern auch Philosophie und Religion integrieren sollte, verfocht sozialutopische, eminent politische Ziele. Doch auch die Ästhetengestalten in den frühen Werken von Hugo von Hofmannsthal (»Der Tor und der Tod«), Thomas Mann (»Die Hungernden«) und vor allem dem älteren Bruder Heinrich (»Die Göttinnen«, »Die Jagd nach Liebe«) sind durch ein Übermaß an Reflexion (»Erkenntnisekel«) gekennzeichnet, leiden an ihrer Lebensferne und Lebensschwäche.

Nichts von alledem finden wir bei den Gestalten der Schloßgeschichten Keyserlings, denen Kunst und Kunstschönes als dekorative Staffage dienen, mit der sie ihre privilegierte Luxusexistenz gegen eine »feindliche« und »häßliche« Außenwelt abschotten. Die solcherart ästhetischem Schein und leerem Formalismus huldigende Feudalschicht, die Keyserling hier vorführt, hielt gleichzeitig verbissen an ihrem absoluten politischen Führungsanspruch im preußischen Staat fest. Diese Inkongruenz gilt es mitzubedenken, will man die Unnachsichtigkeit und ätzende Schärfe der Kritik angemessen einschätzen, mit der Keyserling das historische Versagen seiner eigenen Gesellschaftsschicht hier – »vermittelt« über das Medium des erzählenden Textes – bloßlegt.

Schon in »Beate und Mareile« wird an bezeichnenden Einzelzügen deutlich, in welchem Maße eine »beschönigende«, dem Postulat des Ästhetischen unterworfene Optik die Realitätswahrnehmung einschränkt, zu verhängnisvollen Verkennungen und Verfälschungen führt. So kann Beate der »kleine Lebemann« Günther als Inkarnation alles »Guten und Schönen«, das sie vom Leben »wie das Selbstverständliche« erwartet, erscheinen (oben S. 15), so stilisieren sich die Hauptfiguren zu Ausnahme- und »Prachtmenschen«, ohne gewahr zu werden, wie die Realität solche überhöhten Selbstbilder widerlegt.

Die gegen die Außenwelt schützenden und deshalb unablässig heruntergezogenen »Vorhänge« sind das charakteristische Bildzeichen einer solchen allem Wandel feindlichen, ängstlich um »Bewahrung«, »Konservierung« bemühten Grundeinstellung. Eine solche Handlung soll auch in »Beate und Mareile« die bedrohte Idyllik sichern helfen, was indessen nur dem Schein nach gelingt: »Die schweren, dunkeln Vorhänge wurden vor die Fenster gezogen, die alten dunkeln Türen geschlossen. Wieder einmal schien die Außenwelt mit ihrer Unreinlichkeit und Feindseligkeit ausgesperrt zu sein.« (Oben S. 58) In welchem Maße die Sterilität solcher Enklaven durch den Zwang zur Ab- und Ausgrenzung alles Harmonie-»Störenden« Inhumanität impliziert, zeigt im übrigen die kurz zuvor mitgeteilte Szene zwischen Beate und der Kammerjungfer Amelie, die wegen ihrer »unreinlichen Liebesgeschichte« aus dem Schloßbezirk verwiesen wird.

Die Erklärung des »schönen Lebens« zum höchsten, zum absoluten Wert führt notwendig zur Ausblendung von Realität, zu Passivität und Verweigerung verantwortlichen Handelns, wie es das offen zur Schau getragene soziale und politische Desinteresse, wie es zielloses »Warten«, eine zu »Kultur« stilisierte »Langeweile« verraten: »Etwas tun, das war keine Kunst«, sinniert Felix von Bassenow in »Harmonie«, »da konnte man bald einen Tag hinbringen. Aber stille sitzen und an hübsche, helle Dinge denken, das ist Kultur.«

Da Keyserling die Sichtweise seiner Figuren wiedergibt, wird Kritik am Verhalten der Adelswelt nur selten explizit laut. Selbstkritik begegnet allenfalls – hier freilich besonders verräterisch –, wenn von der möglicherweise verfehlten Erziehung der jungen Generation die Rede ist. In »Beate und Mareile« betrifft solche Kritik zunächst die sexuelle Prüderie, »Abendliche Häuser« aber sprechen von »Versäumnis« an der ganzen jungen Generation, und in »Bunte Herzen« räumt Graf Hamilkar ein solches Versagen mit der ratlosen Frage ein: »›[...] was erziehen wir da für Wesen? Die können ja nicht leben [...], das sind kleine berauschte Gespenster, die vor Verlangen zittern, draußen umzugehen, und wenn sie hinauskommen, nicht atmen können.‹«

So ist es in der Tat eine Welt der »abendlichen« Häuser, die Keyserling schildert, eine Welt der »Zuendegehenden«, der Überalterten und »Gelähmten«, die zunehmend als Kranken- und Totenwelt ins Bild gesetzt wird. Seine »Schloßgeschichten« dienen nicht der Affirmation einer durch »harte demokratische Zeiten« bedrohten Feudalschicht, wie es zu den Intentionen dieser Gattung im 19. Jahrhundert gehört hatte. Ganz im Gegenteil: Schon in »Beate und Mareile« verwandelt sich das »Herrschaftszeichen« Schloß am Ende zum kleinen »Spielzeug«.

Mit seiner impliziten Kritik macht Keyserling zwar deutlich, daß Verfall und Untergang der von ihm porträtierten Gesellschaftsschicht so notwendig wie mitverschuldet sind. Das aber schließt Trauer über das Ende einer hochkultivierten Schönheitswelt nicht aus. Denn daß die Sympathie des Erzählers der selbstbewußten Aufsteigerin Mareile gilt, die am Schluß »ihre kleine, festgeballte Faust drohend gegen das blanke Spielzeug dort unten in der Ferne« erhebt (oben S. 123), darf bezweifelt werden.

Zeittafel zu Keyserling

1855 15. Mai: Eduard Graf von Keyserling wird auf Schloß Paddern in Kurland geboren.

1874 Studium der Rechtswissenschaft, Kunstgeschichte und Philosophie an der Universität Dorpat.

1877 Keyserling wird wegen einer »Inkorrektheit« (wohl einer Geldangèlegenheit) von der Universität gewiesen und gilt unter den Standesgenossen als »verfemt«. In der Folge bewirtschaftet er die Güter seiner Mutter. Bis 1890 hält er sich mehrere Jahre in Wien auf.

1887 Erste Buchveröffentlichung: »Fräulein Rosa Herz«, Erzählung.

1892 »Die dritte Stiege«, Roman.

1892–95 Keyserling lebt wiederum in Kurland.

1893 Erste Anzeichen eines schweren Rückenmarksleidens.

1894 Tod der Mutter.

1895 Im Sommer: Kur in Bad Oeynhausen. Im Dezember läßt Keyserling sich mit den beiden Schwestern Henriette und Elise in München nieder, zunächst in der Rambergstraße 3, ab 1900 in der Ainmillerstraße 19. In München hat Keyserling zahlreiche Kontakte zu Künstler- und Literatenkreisen, deren Treffpunkte im »Café Stefanie« oder den »Torggelstuben« er häufig besucht. Zu den engeren Freunden und Bekannten gehören: Max Halbe, Frank Wedekind, Hanns von Gumppenberg, Rainer Maria Rilke, Rudolf Kassner, Alfred Kubin.

1896 Lovis Corinth porträtiert Keyserling. (Das Gemälde hängt in der Neuen Pinakothek in München.) Ab 1896 veröffentlicht Keyserling verschiedene Kunst- und Buchrezensionen sowie einzelne Essays u. a. in den Zeitschriften »Kunst für alle«, »Freistatt«, »Kunst und Künstler«, »Der Tag«, »Die neue Rundschau«, »Die Zeit«.

1899/1900 Italienreise mit den Schwestern. Die Stationen des mehr als einjährigen Italienaufenthalts sind: Venedig, Florenz, Siena, Rom, Neapel, Pästum.

1900 »Ein Frühlingsopfer«, Schauspiel.

1901 »Der dummè Hans«, Trauerspiel. »Die Soldatenkersta«, Erzählung.

1902 »Die schwarze Flasche«, Drama (Typoskript).

1903 »Beate und Mareile. Eine Schloßgeschichte.«

1905 »Harmonie«, Erzählung. »Zur Psychologie des Komforts«, Essay.

1906 »Benignens Erlebnis. Zwei Akte.« »Seine Liebeserfahrung«, Erzählung.

1907 »Dumala«, Roman. »Über die Liebe«, Essay.

1908 »Bunte Herzen«, Erzählung. – Keyserlings Krankheit führt zu seiner völligen Erblindung, die ihn zunehmend vereinsamen läßt. – Die Tapferkeit, mit der er seine physischen Leiden ertragen hat, würdigt ein Porträt von Rudolf von Delius in den »Münchner Neusten Nachrichten« vom 9. Februar 1932: »Nie wieder habe ich so grandios den Kampf des Geistes gegen den Körper miterlebt. [...] Er war das Bild unheimlich schleichender Krankheit und zugleich das Bild aufrechter, lachender Seelengeradheit. [...] Er war heroisch ohne die geringste Pose. Und wenn sein Leiden arg wurde, scheuchte er es fort mit einem Witzwort.«

1911 »Wellen«, Roman. »Nachbarn«, Erzählung.

1914 »Abendliche Häuser«, Roman. »Am Südhang«, Erzählung.

1915 »Nicky«, Erzählung.

1917 »Fürstinnen«, Erzählung.

1918 »Im stillen Winkel«, Erzählung. »Die Landpartie«, Erzählung. – 28. September: Keyserling stirbt in München und wird auf dem Nordfriedhof beigesetzt.

1919 »Feiertagskinder«, Roman.

Anmerkungen

Seite

7 *Brahmane:* Angehöriger der indischen Priesterkaste, die Brahma als höchsten Gott verehrt.

9 *Jöhr:* berlinisch für niederdeutsch: Gör, Göre: kleines, freches Mädchen.

Deputat: (lateinisch) zum Lohn oder Gehalt gehörende Sachleistung.

11 *Komtesse:* (französisch) Gräfin; im deutschen Sprachgebrauch: unverheiratete Gräfin.

Grumbkow: Friedrich Wilhelm von Grumbkow (1678–1739) war unter Friedrich Wilhelm I. u. a. Finanzminister (1713), später Generalfeldmarschall (1737).

Hardenberg: Karl August Fürst von Hardenberg (1750–1822), 1810 preußischer Staatskanzler. Er unterzeichnete 1814 den Pariser Frieden und machte sich vor allem durch seine inneren Reformen einen Namen.

Bismarck: Otto Fürst (seit 1871) von Bismarck (1815–98) wurde 1862 preußischer Ministerpräsident und Minister des Auswärtigen und war 1871–90 deutscher Reichskanzler.

Fra Sebastiano: Sebastiano del Piombo (1485–1547), italienischer Renaissancemaler. Eines seiner bekanntesten Gemälde, das »Bildnis einer jungen Römerin« (um 1512/1515), hing zu Keyserlings Lebzeiten im Kaiser-Friedrich-Museum zu Berlin.

21 *Thomas a Kempis:* Thomas von Kempen (1379–1471), niederrheinischer Geistlicher und Verfasser vielgelesener religiöser Traktate und Erbauungsschriften mit asketisch-mystischer Tendenz. Er gilt als Verfasser der berühmten »Vier Bücher von der Nachfolge Christi« (»De imitatione Christi«, 1441).

26 *Ellernbruch:* Eller: niederdeutsch für: Erle; Bruch: Sumpfland.

27 *Peplon:* altgriechisches weites Gewand.
der bekannte spartanische Fuchs: Der griechische Schriftsteller Plutarch (um 46 – nach 120) berichtet in seinem »Leben des Lykurg«, Kapitel 18, ein junger Spartaner habe einen jungen Fuchs entwendet und ihn unter seinem Mantel verborgen gehalten. Selbst als ihm das Tier mit seinen Zähnen und Klauen den Bauch aufgerissen habe, sei er lieber an den Verletzungen gestorben, als daß er seine Tat eingestanden hätte.

29 *Charlotte von Stein:* mit Goethe eng befreundete Weimarer Hofdame (1742–1827).
fayenceblauen: Fayence (französisch): farbig bemalte Keramik, benannt nach der italienischen Stadt Faenza. Mit Blau wurden vor allem die holländischen Fayencen bemalt (Delfter Blau).
Marlittaugen: bezieht sich auf die Augen der weiblichen Hauptfiguren in den seinerzeit vielgelesenen sentimentalen Unterhaltungsromanen und Erzählungen von Eugenie Marlitt (1825–87). Zu den bekanntesten Werken der Erfolgsautorin gehören: »Die Reichsgräfin Gisela« (1869) und »Das Haideprinzeßchen« (1872).

32 *Kandidaten:* Predigt- oder Lehramtskandidat. Solche Kandidaten waren oft als Hauslehrer tätig.

33 *Ihr Erzug:* das Ergebnis Ihrer Erziehung.

34 *Quadrillenpromenade:* (französisch) Tanzfigur in der Quadrille, einem von vier Personen im Karree getanzten Gesellschaftstanz.
Mamsell: Wirtschafterin, die als Vertreterin der Hausherrin tätig ist.
Kaiser-Wilhelm-Bartes: Angespielt wird auf den Bakkenbart, wie ihn der deutsche Kaiser Wilhelm I. (1871–88) trug.
Konter: (französisch) Kontertanz, »Gegentanz«: gegeneinander zu tanzender Vierpaartanz.

35 *Rout:* (englisch) Abendgesellschaft, -empfang.

37 *mon cher:* (französisch) mein Lieber.
beauté: (französisch) Schönheit.
affizierst dich: (lateinisch) erregst dich, legst dich ins Zeug.
froissierst: (französisch) kränkst, verletzest.

38 *»out« und »play«:* (englisch) »Aus« und »Spiel«.

43 *»Springen wir den Reihen ...«:* neuhochdeutsche Übersetzung eines in der mittelalterlichen Liederhandschrift der »Carmina burana« (»Lieder aus Benediktbeuern«, 13. Jahrhundert) überlieferten Liedes von einem unbekannten Verfasser: »Springe wir den reigen / nu, vrouwe mîn, / Vröun uns gegen dem meigen, / uns kumet sîn schîn. / Der winder, der der heide / tet senede nôt, / der ist nû zergangen: / sist wunneclîch bevangen / von bluomen rôt.«

46 *Bordighera:* italienischer Ferienort an der ligurischen Küste.

48 *Bouleuhr:* Boulearbeiten nannte man ein nach dem französischen Kunsttischler Charles André Boulle (1642–1732) benanntes Verfahren, aus kostbaren Hölzern gefertigte Möbel durch eingelegte Ornamente u. a. aus Perlmutter, ziselierter Bronze und Elfenbein zu verzieren.

60 *Gilka:* ein Kümmellikör.
des Großen Kurfürsten: Beiname des brandenburgischen Kurfürsten Friedrich Wilhelm I., der von 1640 bis 1688 regierte.

61 *Die five o'clocks:* (englisch) Die Fünf-Uhr-Tees.

63 *Diotima:* In Platons Dialog »Symposion« (»Das Gastmahl«, um 380 v. Chr.) gibt Sokrates die »Rede über den Eros« der »weisen Mantineerin« Diotima wieder.

65 *Kreuzzeitung:* die »Neue Preußische Zeitung«, die nach dem Eisernen Kreuz am Kopf des Titelblatts gewöhnlich »Kreuzzeitung« genannt wurde. Die 1848 gegründete, zweimal täglich in Berlin erscheinende Zeitung war das Publikationsorgan der evangelischen Hochkonservativen.

67 *Isoldens Liebestod:* Schlußgesang der Isolde in Richard Wagners Musikdrama »Tristan und Isolde« (1865).
»Wie sie schwellen...«: Verse aus dem Schlußteil von Isoldes »Liebestod«.

68 *Hydra:* Idra, Insel vor der Ostküste des Peloponnes.

69 *Azedi:* für lateinisch acedia: Schwermut, Melancholie.

69/70 *»Du bist der... Grauen« ... »Hell wie der Tag... Schall –«:* etwas ungenau zitierte Verse aus dem Liebesduett zwischen Siegmund und Sieglinde im ersten Aufzug von Wagners Musikdrama »Die Walküre« (1870). Sieglinde singt hier: »Du bist der Lenz, / nach dem ich verlangte / in frostigen Winters Frist. / Dich grüßte mein Herz / mit heiligem Grau'n, / [...] hell wie der Tag / taucht es mir auf: / wie tönender Schall [...].«

70 *Grane:* In Wagners »Ring des Nibelungen« (1869ff.) das Pferd der Walküre Brünnhilde.
a tempo: (italienisch) zur rechten Zeit.

71 *»Aufs Pferd, aufs Pferd«:* Zitat aus dem Soldatenlied, das am Ende von Friedrich Schillers Schauspiel »Wal-

lensteins Lager« (1798) gesungen wird: »Wohlauf, Kameraden, aufs Pferd, aufs Pferd!«
hoio!: »Hojotoho!« ist in Wagners »Walküre« der Ruf der Schlachtjungfrauen, der Walküren.

76 *Kaiser-Friedrich-Bart:* Friedrich III., König von Preußen, 1888 deutscher Kaiser, trug einen Vollbart.

77 *Hyacintha candida:* (lateinisch) weiße Hyazinthe.

85 *Couchette:* (französisch) kleines Bett.

86 *Santoriner:* von der griechischen Insel Santorin.
vino santo: (italienisch) heiliger Wein.

88 *der Vers des Hohen Liedes:* Vgl. das alttestamentarische »Hohelied Sàlomos«, Kapitel 6, Vers 4.

90 *lütte:* (niederdeutsch) kleine.

91 *Schmelzen:* undurchsichtige Glasperlen, zu Stickereien verwendet.

92 *café double:* (französisch) doppelter Kaffee.
fine champagne: (französisch) feiner Champagner.

93 *O komm zu mir, wenn durch die Nacht:* Anfang des Gedichts »Gondoliera« (1836/37) von Emanuel Geibel (1815–84), einem im 19. Jahrhundert hochgeschätzten, spätromantisch-epigonalen Autor.
dégoûtant: (französisch) abstoßend, ekelhaft.

96 *»Lucinde«:* 1799 erschienener Roman des Frühromantikers Friedrich Schlegel (1772–1829), der für den »freien«, nicht auf bürgerlichen Konventionen beruhenden »Liebesbund« eintritt.
»›Vernichten und Schaffen … zerfließt‹«: Mareile liest in dem Kapitel »Allegorie von der Frechheit«.

110 *Bechstein:* Konzertflügel, benannt nach dem Berliner Klavierbauer Karl Bechstein (1826–1900).
Galléglas: Jugendstilkunstglas, benannt nach dem Lothringer Kunsthandwerker Emile Gallé (1846 bis 1904).

111 *Botticellikopf:* Sandro Botticelli (1446–1510), berühmter italienischer Maler der Renaissance. Zu seinen bekanntesten Gemälden zählen: »La Primavera« (»Der Frühling«) und »La Nascita di Venere« (»Die Geburt der Venus«), die in den Uffizien in Florenz hängen.

112 *Trinitatissonntage:* Die Sonntage vom Trinitatisfest (am ersten Sonntag nach Pfingsten) bis zum ersten Advent werden in der evangelischen Kirche als Trinitatissonntage gezählt.

113 *Teckeln:* (niederdeutsch) Dackeln.

114 *Püscheln:* (ostmitteldeutsch) Quasten, Troddeln.
Mensur: (lateinisch) studentischer Zweikampf.

115 *Motion:* (lateinisch) Bewegung.
Jodoform: früher verwendetes Mittel zur Wunddesinfektion.

117 *Katafalk:* (lateinisch-französisch) schwarz verhängtes Gerüst, auf dem ein Sarg während der Trauerfeierlichkeiten steht.

Bibliographische Hinweise

Erstdruck

Beate und Mareile. Eine Schloßgeschichte. In: Neue deutsche Rundschau 14 (1903), S. 11–31; 160–183; 237–258

Ausgaben

Eduard von Keyserling: Beate und Mareile. Eine Schloßgeschichte. Berlin: S. Fischer, Verlag, 1903

Eduard von Keyserling: Gesammelte Erzählungen in vier Bänden. Herausgegeben und eingeleitet von Ernst Heilborn. Berlin: S. Fischer, Verlag, 1922 (Beate und Mareile: Band 1)

Eduard von Keyserling: Beate und Mareile. Frankfurt am Main 1953 (Fischer-Taschenbuch 28)

Eduard von Keyserling: Werke. Herausgegeben von Rainer Gruenter. Frankfurt am Main: S. Fischer Verlag, 1973 (Beate und Mareile: S. 255–349)

Eduard von Keyserling: Beate und Mareile. Eine Schloßgeschichte. Frankfurt am Main 1983 (Fischer-Taschenbuch 2525)

Forschungsliteratur, Nachworte, Würdigungen

Annarosa Azzone Zweifel: Eduard von Keyserling. I racconti del castello. Padova 1983

Helmut Bachmaier: Nachwort zu: Eduard von Keyserling: Abendliche Häuser. Roman. München 1992 (Goldmann Klassiker 7604). S. 156–182

Hans Baumann: Eduard von Keyserlings Erzählungen. Eine Interpretation des Romans »Abendliche Häuser«. Zürich 1967

Sabine Buchlaub und Claudia Wefel: Die Landschaftsdarstellung in Eduard von Keyserlings Erzählwerk. Impressionismus – Romantik – Dekadenz. In: Dieter Kafitz (Herausgeber): Dekadenz in Deutschland. Frankfurt am Main u. a. 1987. Seite 243–257

Richard Brinkmann: Eduard von Keyserling: »Beate und Mareile«. Die Objektivierung des Subjektiven. In: Derselbe: Wirklichkeit und Illusion. Studien über Gehalt und Grenzen des Begriffs Realismus für die erzählende Dichtung des 19. Jahrhunderts. Tübingen 1957. S. 216–290

Derselbe: Nachwort zu: Eduard von Keyserling: Am Südhang. Stuttgart 1972. S. 81–88

Derselbe: Nachwort zu: Eduard von Keyserling: Fürstinnen. Berlin 1989. S. 191–210

Heide Eilert: Eduard von Keyserling. In: Dieselbe: Das Kunstzitat in der erzählenden Dichtung. Studien zur Literatur um 1900. Stuttgart 1991. S. 222–241

Gotthardt Frühsorge: Die Kunst des Landlebens. Vom Landschloß zum Campingplatz. Eine Kulturgeschichte. München 1993

Rainer Gruenter: Schloßgeschichten Eduard von Keyserlings. In: Eduard von Keyserling: Werke. Frankfurt am Main 1973

Peter Härtling: Nachwort zu: Eduard von Keyserling: Wellen. Frankfurt am Main 1982. S. 133–137

Gerhart Haug: Ein Fontane in Moll. Zum Schaffen Eduard von Keyserlings. In: Welt und Wort 13 (1958). S. 331–332

Ernst Heilborn: Eduard Graf von Keyserling, sein Wesen und sein Werk. In: Eduard von Keyserling. Gesammelte Erzählungen in vier Bänden. Band 1. Berlin 1922. S. 3–31

Herbert Kalckhoff: Die Dekadenz im Werk Eduard von Keyserlings. Diss. Freiburg im Breisgau 1952

Hans Kaufmann: Fortsetzung realistischer Erzähltraditionen des 19. Jahrhunderts bei L. Thoma, A. Schnitzler, E. v. Keyserling, G. Hermann und dem frühen H. Hesse. In: Wissenschaftliche Zeitschrift der Friedrich-Schiller-Universität Jena 20 (1971). Heft 3. S. 499–512

Wulf Kirsten: Nachwort zu: Eduard von Keyserling: Abendliche Häuser. Ausgewählte Erzählungen. 2. Auflage. Berlin (Ost) 1986. S. 671–696

Käte Knoop: Die Erzählungen Eduard von Keyserlings. Ein Beitrag zur deutschen Literaturgeschichte. Marburg 1929

Richard A. Koc: The German Gesellschaftsroman at the Turn of the Century. A Comparison of the Works of Theodor Fontane and Eduard von Keyserling. Bern und Frankfurt am Main 1982

Thomas Mann: Zum Tode Eduard von Keyserlings. In: Gesammelte Werke in dreizehn Bänden. Band 10. Frankfurt am Main 1974. S. 413–417

Fritz Martini: Nachwort zu: Eduard Graf von Keyserling: Die dritte Stiege. Heidelberg 1985. S. 295–336

Wolfgang Nehring: Harmonie. Die Welt Eduard von Keyserlings. In: Gerald Chapple und Hans H. Schulte (Herausgeber): The Turn of the Century. German Literature and Art 1890–1915. Bonn 1981. S. 227–235

Heinz Pirang: Das baltische Herrenhaus. Teil I–III. Riga 1926–30

Wolfdietrich Rasch: Décadence-Motive in Eduard von Keyserlings Romanen und Erzählungen. In: Derselbe: Die literarische Décadence um 1900. München 1986. S. 224–243

Angela Schulz: Ästhetische Existenz im Erzählwerk Eduards von Keyserling. Frankfurt am Main, Bern, New York und Paris 1991

Irmelin Schwalb: Eduard von Keyserling. Konstanten und Varianten in seinem erzählerischen Werk ab 1903. Frankfurt am Main u. a. 1993

Rudolf Steinhilber: Eduard von Keyserling. Sprachskepsis und Zeitkritik in seinem Werk. Darmstadt 1977

Otto Freiherr von Taube: Daten zur Biographie Eduards von Keyserling. In: Euphorion 48 (1954). S. 95–97

Derselbe: Nachwort zu: Eduard von Keyserling: Schwüle Tage und andere Erzählungen. Zürich 1954. S. 317–335

Richard A. Weber: Color and Light in the Writings of Eduard von Keyserling. New York u. a. 1990

Ulrike Weinhold: Eduard von Keyserling. In: Dieselbe: Künstlichkeit und Kunst in der deutschsprachigen Dekadenz-Literatur. Frankfurt am Main u. a. 1977. S. 75–84

Benno von Wiese: Eduard von Keyserling. Am Südhang. In: Derselbe: Die deutsche Novelle von Goethe bis Kafka. Interpretationen. Band 2. Düsseldorf 1967. S. 280–298

A. Wayne Wonderley (Herausgeber): Eduard von Keyserling: A Symposium. Germanistische Forschungsketten Nr. 1. Lexington, Kentucky 1974